# 好想知道你近况

吉建芳 绘著

北京燕山出版社

图书在版编目（CIP）数据

好想知道你近况 / 吉建芳绘著 . — 北京 : 北京燕山出版社，2022.1

ISBN 978-7-5402-6267-9

Ⅰ. ①好… Ⅱ. ①吉… Ⅲ. ①随笔—作品集—中国—当代 Ⅳ. ① I267.1

中国版本图书馆 CIP 数据核字（2021）第 243399 号

好想知道你近况

---

绘　　著：吉建芳
责任编辑：杨春光
封面插图：吉建芳
装帧设计：陈　姝
出版发行：北京燕山出版社有限公司
社　　址：北京市丰台区东铁匠营苇子坑 138 号嘉城商务中心 C 座
邮　　编：100079
电话传真：86-10-65240430（总编室）
印　　刷：北京军迪印刷有限责任公司
开　　本：710 × 1000　　1/16
字　　数：200 千字
印　　张：16
版　　次：2022 年 1 月第 1 版
印　　次：2022 年 1 月第 1 次印刷
ISBN 978-7-5402-6267-9
定　　价：75.00 元

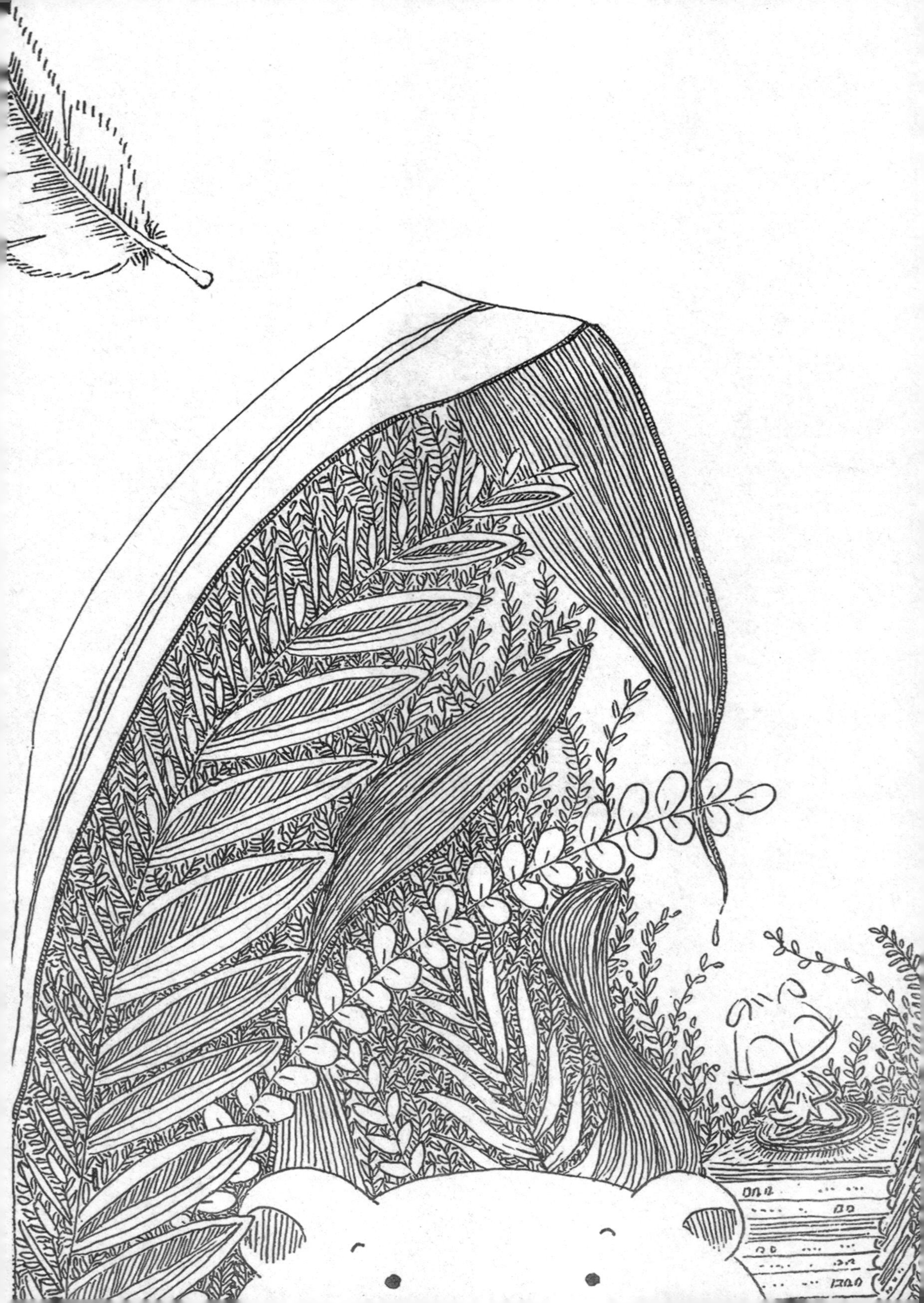

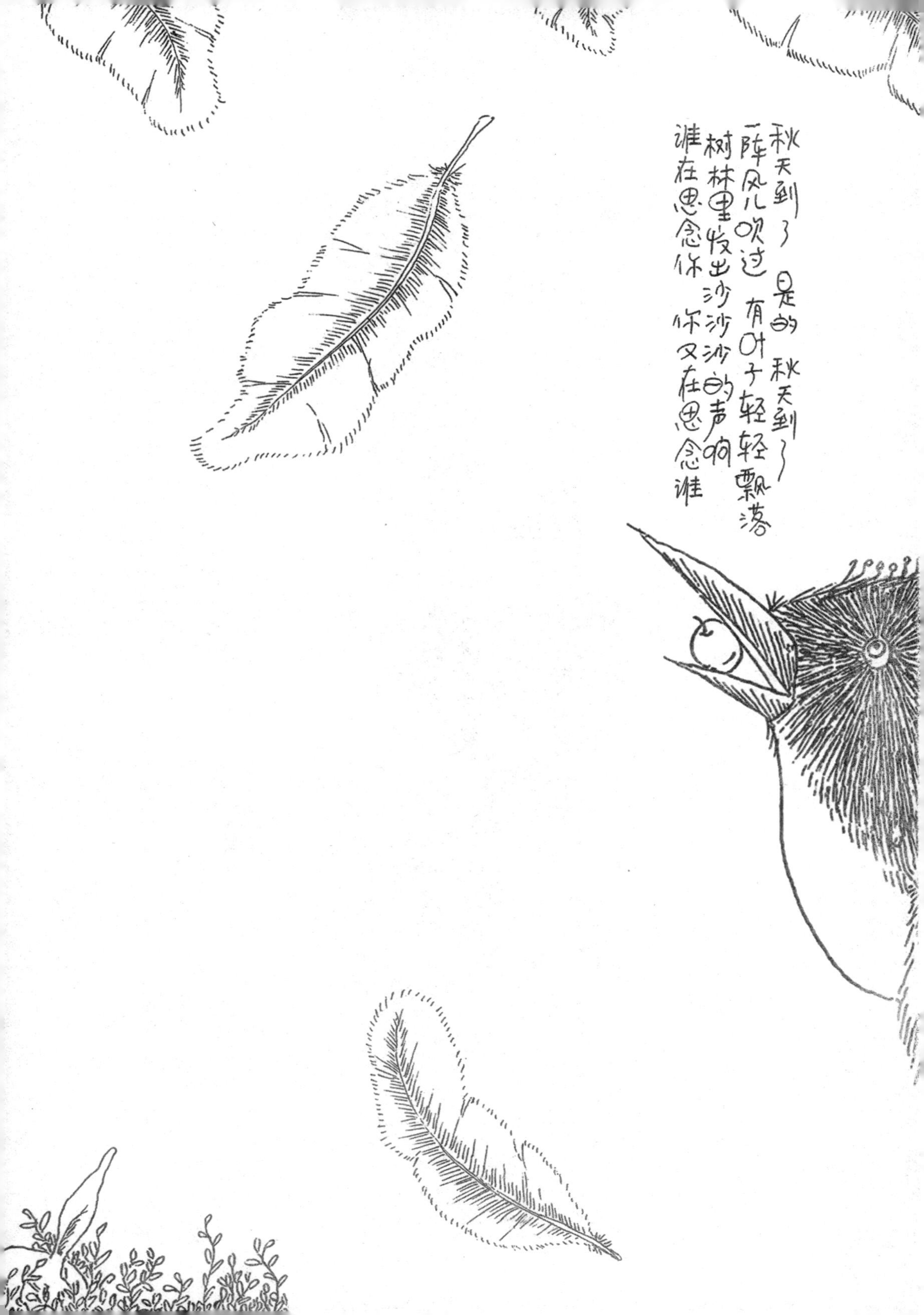
秋天到了 是的 秋天到了
一阵风儿吹过 有叶子轻轻飘落
树林里发出沙沙沙的声响
谁在思念你 你又在思念谁

旋转木马
华丽且美艳
一圈又一圈 仿佛不知疲倦
什么时候才能
到达梦想的彼岸
距离那么近
却又那么远

2018.10.6

光阴就这样无声无息地溜走
在我还不曾察觉时
世俗繁杂 人世沧桑
带来远处的无奈
带走你曾清晰的容颜

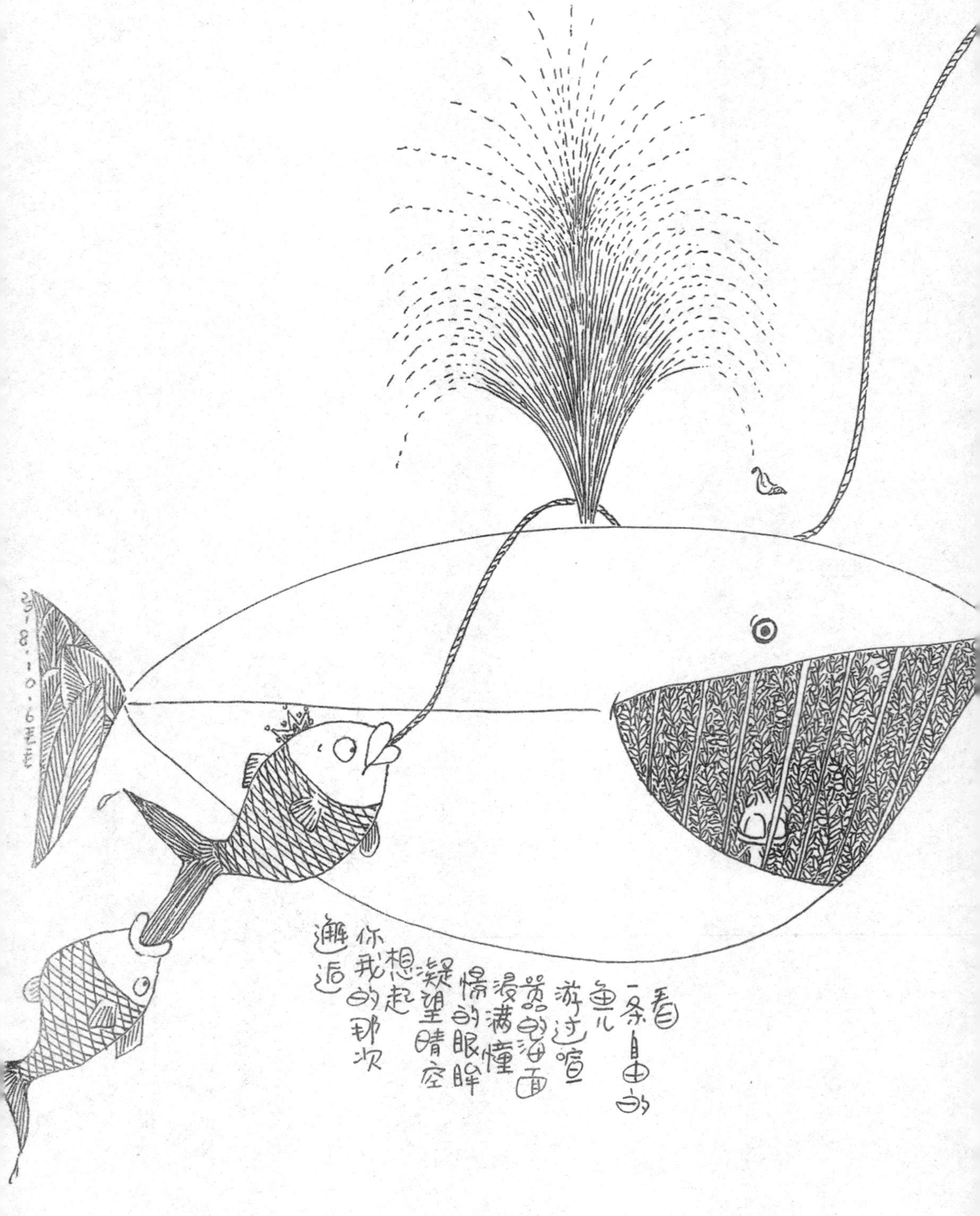
看
一条自由的
鱼儿
游过喧
嚣的海面
浸满憧
憬的眼眸
凝望晴空
想起
你我的那次
邂逅

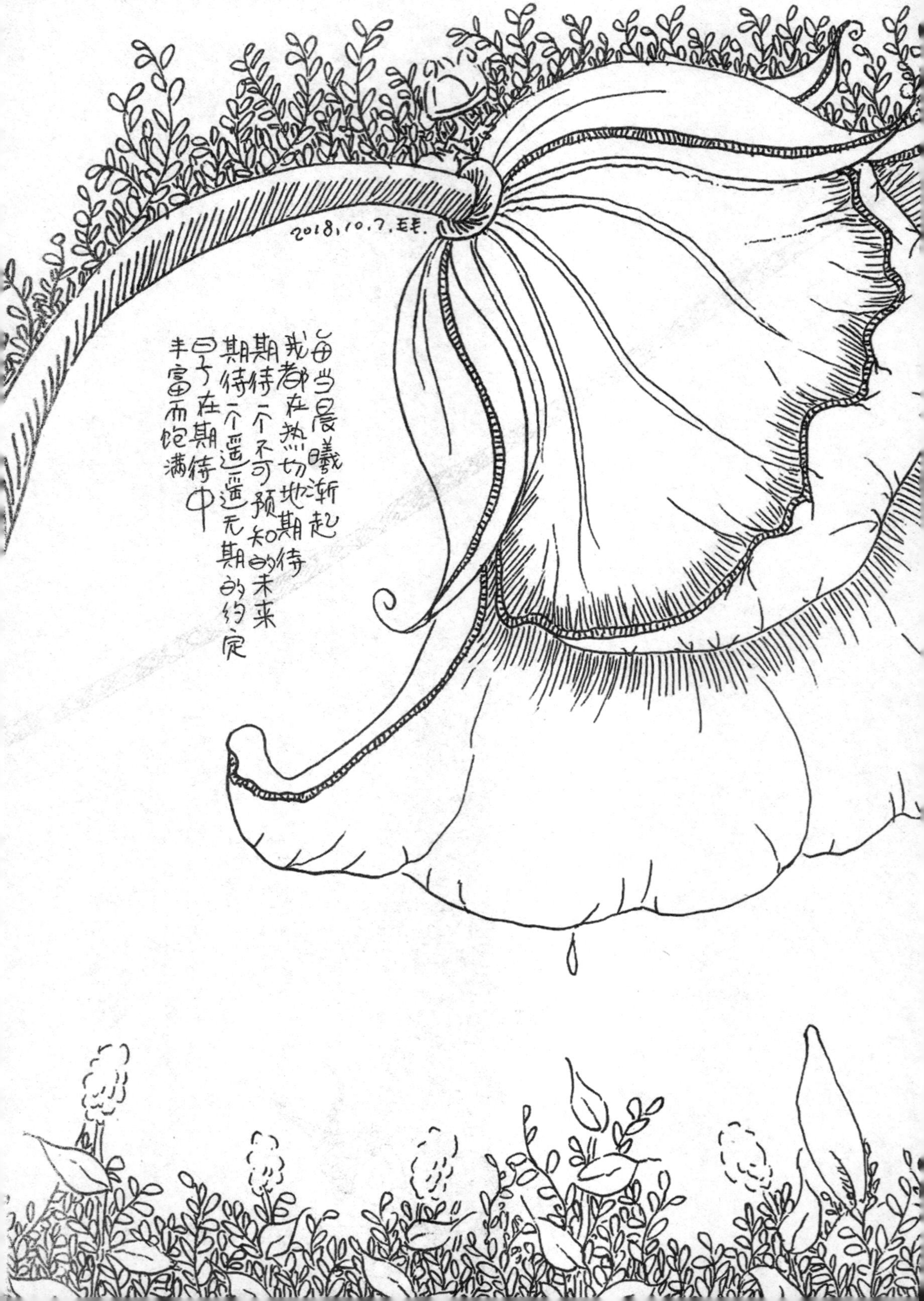
2018.10.7.王毛.
每当晨曦渐起
我都在热切地期待
期待一个不可预知的未来
期待一个遥遥无期的约定
日子在期待中
丰富而饱满

信笔而为的东西
远比郑重其事的更
真诚可靠
空旷寂寥的午后
无数种生活的可能纷至沓来
思念如刀
刺破矜持的脆弱衣衫

阳光灿烂的日子 我会没来由地沉溺于
往事 那些细细碎碎和点点滴滴
总是令我感动而难忘 你呢

2018.10.7.毛毛.

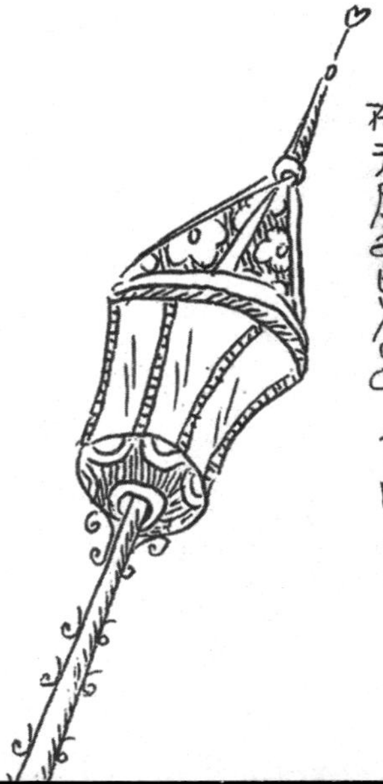

随遇而安 顺其自然
日出而作 日落而息
不想得到更多
亦不想失去什么
安心做个普通人
在无尽的思念中走完人生

东方渐白的时候
我还在夜的梦境中
徘徊 沉溺 游曳
久久不愿醒来
渴望 渴望 渴望

2018.10.8.毛毛.

人生不是琥珀
没有人能
永远停留在
青春里
那又怎样
并不妨碍热烈地
活一回

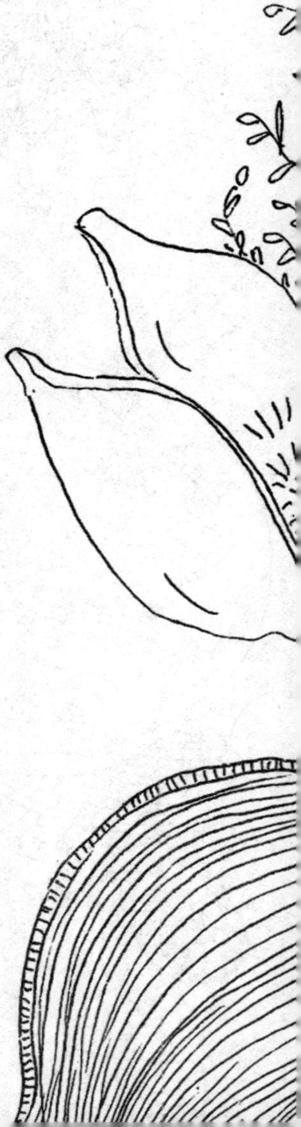

2018,10.9.毛美.

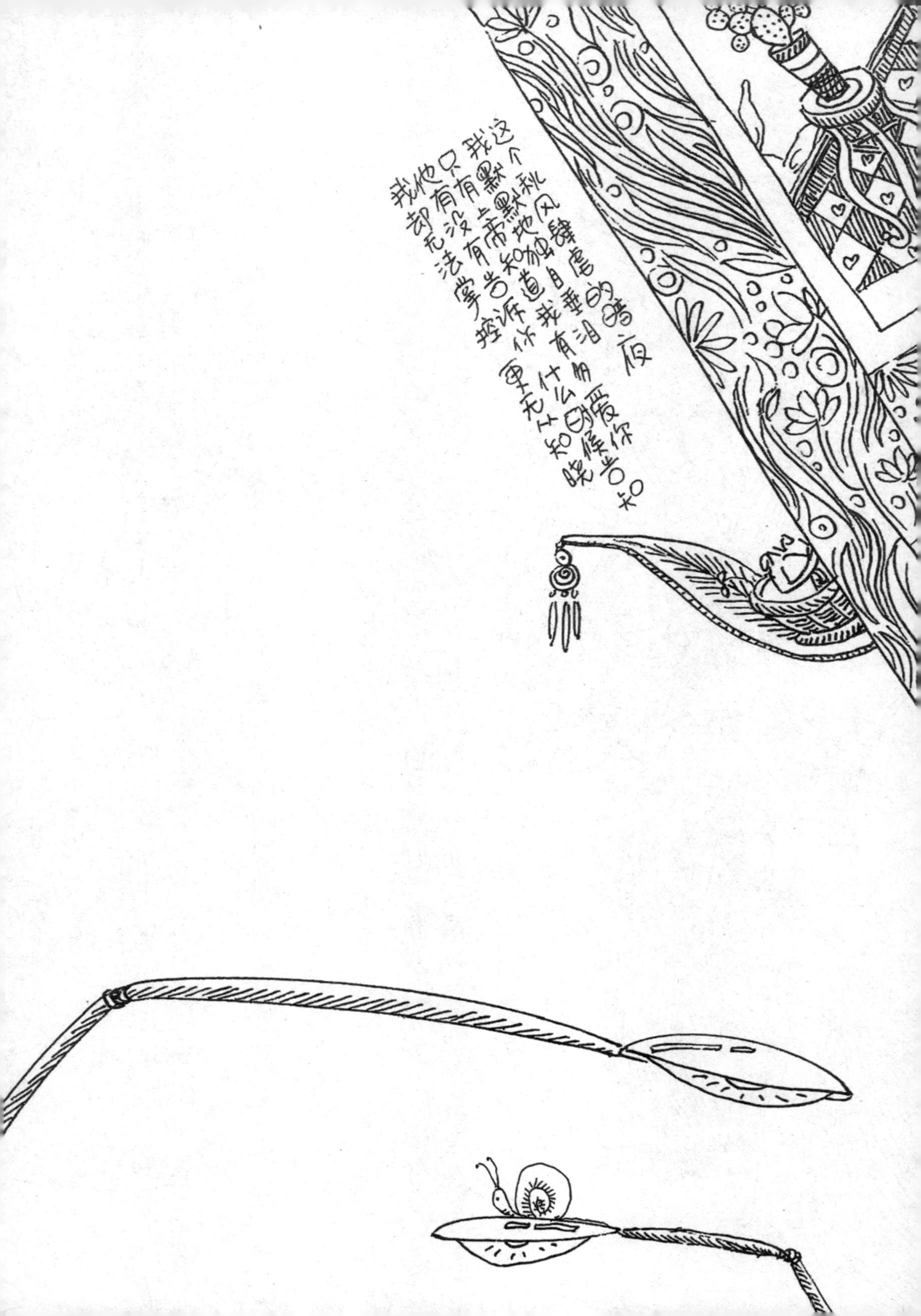
这个秋风肆虐的夜
我默默地独自垂泪
只有上帝知道我有多爱你
他有没有告诉你什么时候告知
我却无法掌控更无从知晓

2018.10.10 老毛

游湖借伞的故事告诉我们
一个颠扑不破的真理 没有
做不到 只有想不到
但拿下好男人的所谓
坏女人 有时
或许不是心机婊
只是爱他

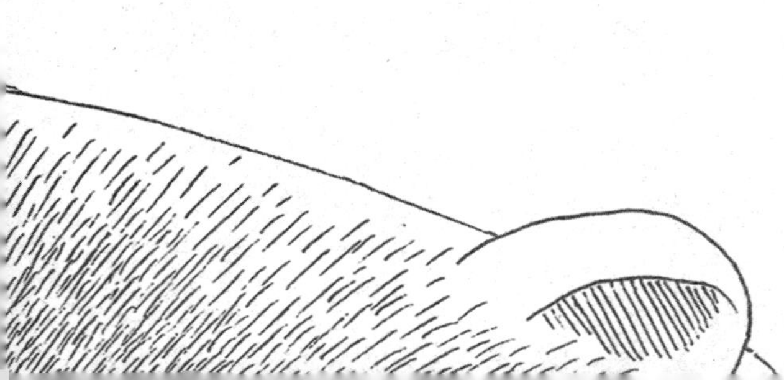

如果觉得百无聊赖
可不可以养点什么
不对 可不可以与谁为伴
小猫小狗小花小草
小黑小萌

祝你生日快乐 祝你生日
快乐 祝你生日快乐 祝你
生日快乐
有生的日子
天天快乐 别
在意生日
怎么过

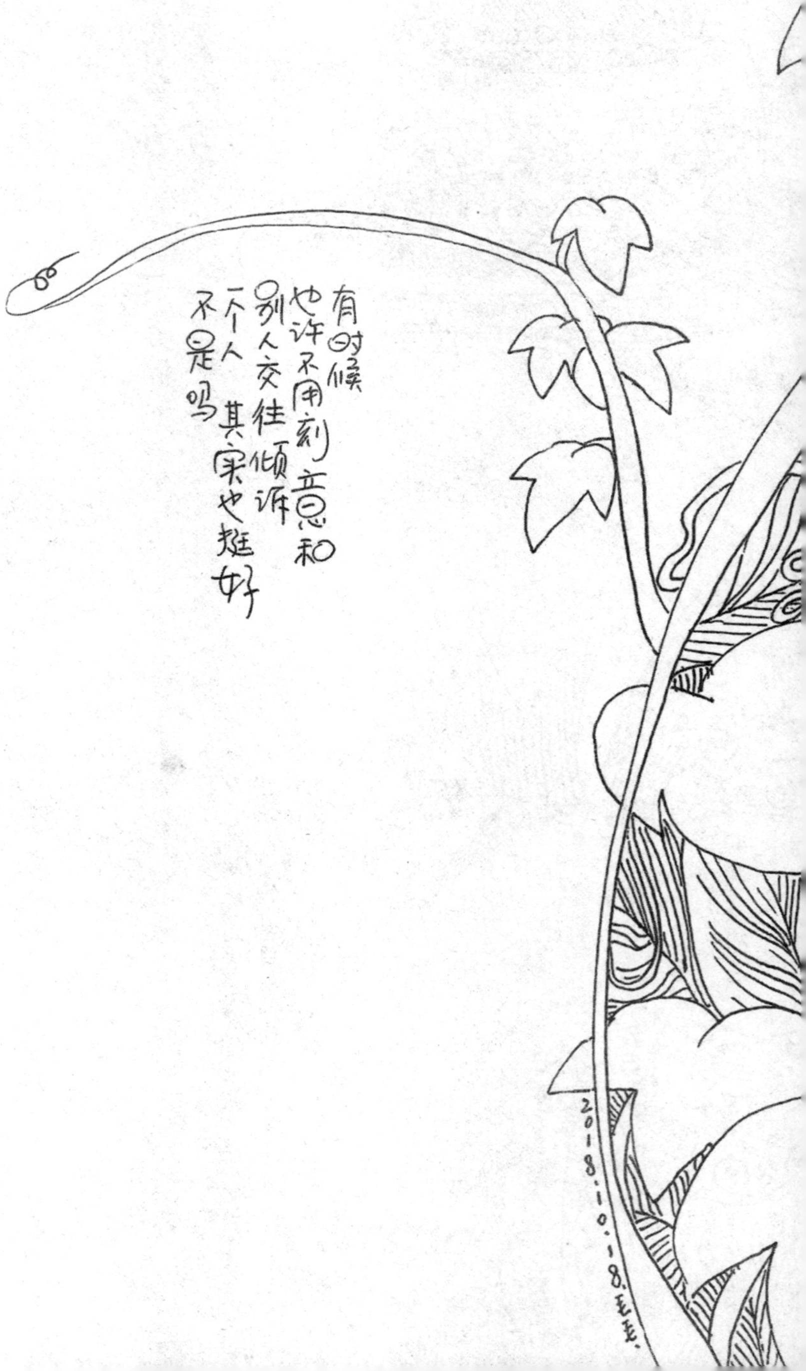
有时候
也许不用刻意和
别人交往倾诉
一个人 其实也挺好
不是吗
2018.10.18.毛毛.

2018.10.9

平庸琐碎的日子 因了思念
而变得不同寻常
每一个升起了太阳的天气
都晴朗而
明亮

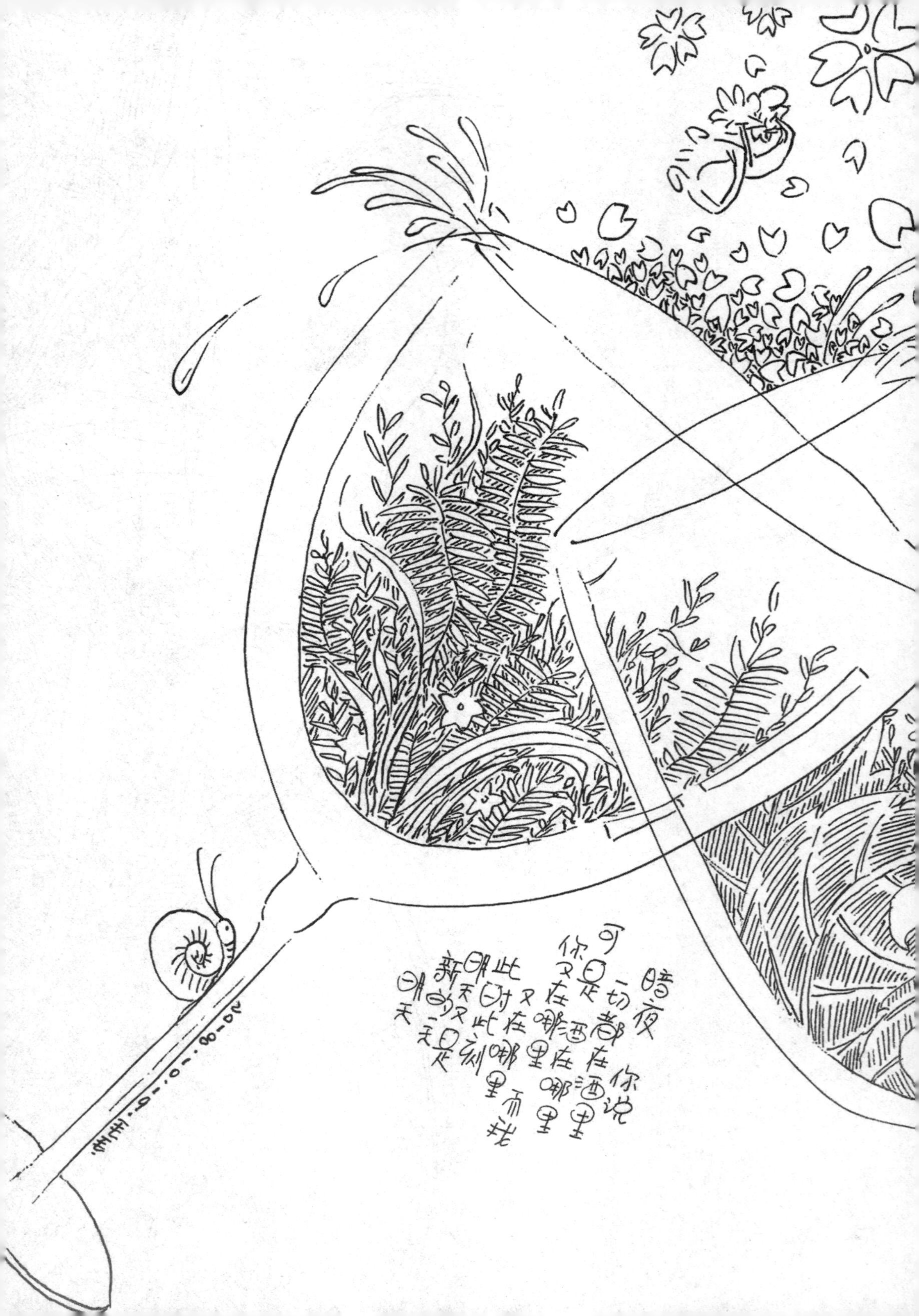
暗夜你说
一切都在酒里
可是酒在哪里
你又在哪里
此时此刻
又在哪里不找
明天又是
新的一天
明天
20-08.10-9.

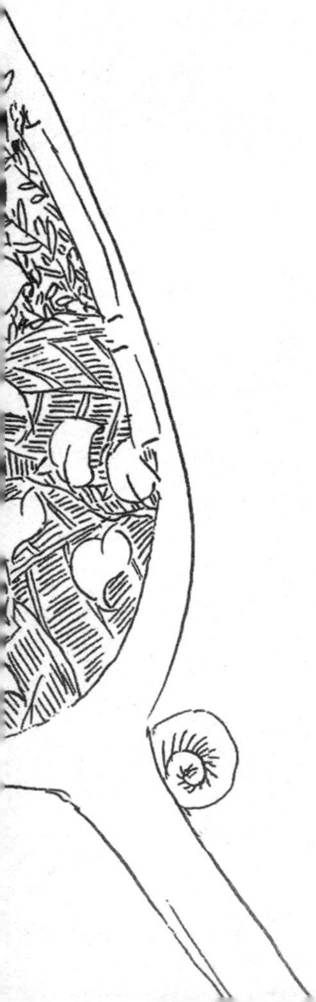

悲伤总是没来由地出现
梦境中你离我那么近
现实里却又如此遥远
触不可及

2018.10.20.毛毛

阳光从地平线上渐渐升起
天边渐渐变得温暖而柔美
我依旧保持睡梦的姿态
假装还在梦中 明知一切都会过去
也终将成为过去

思念是一生的事
无论白天或者晚上
也无所谓刮风还是下雨
如同呼吸一样
自然而然

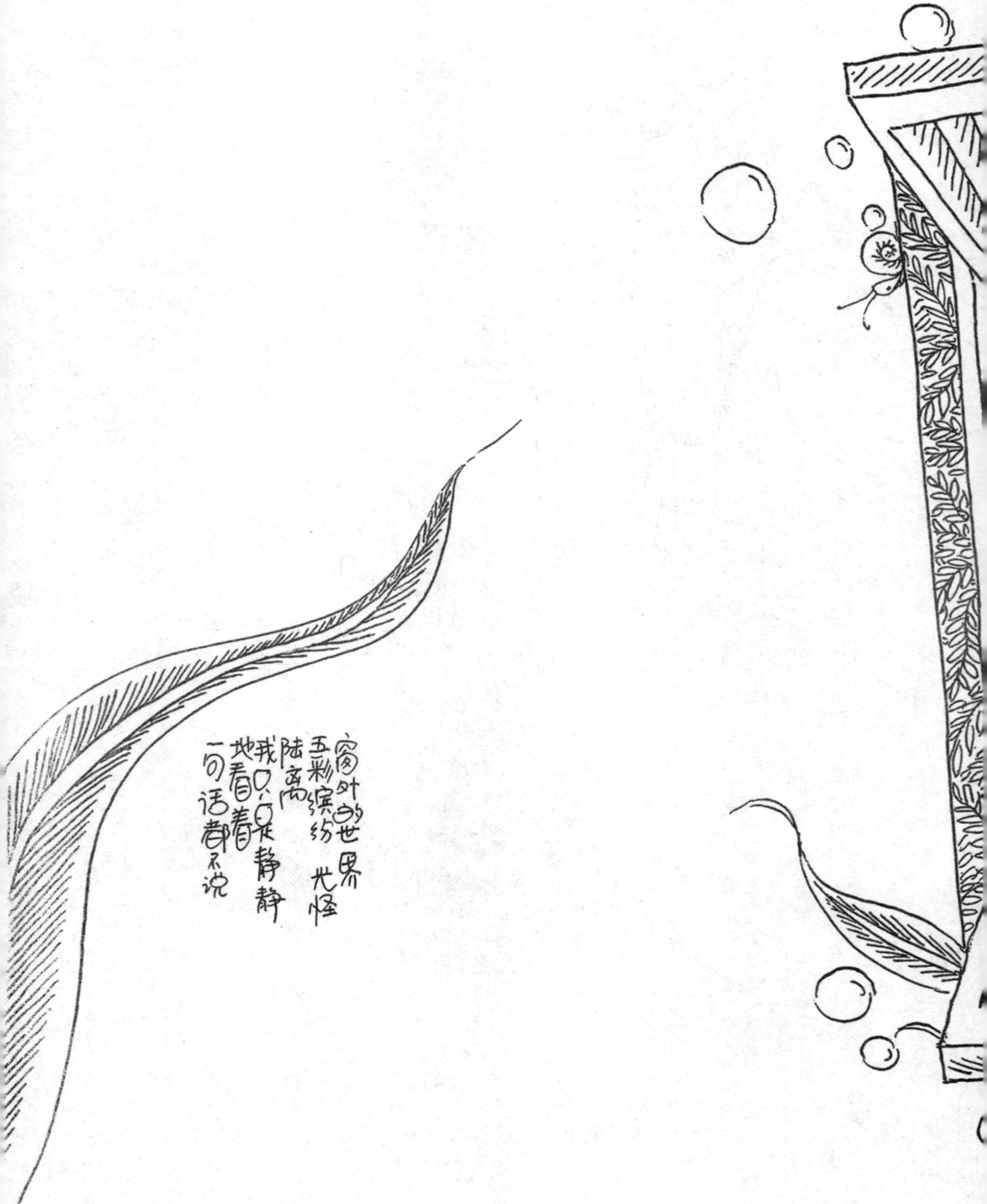

窗外的世界
五彩缤纷 光怪
陆离
我只是静静
地看着看着
一句话都不说

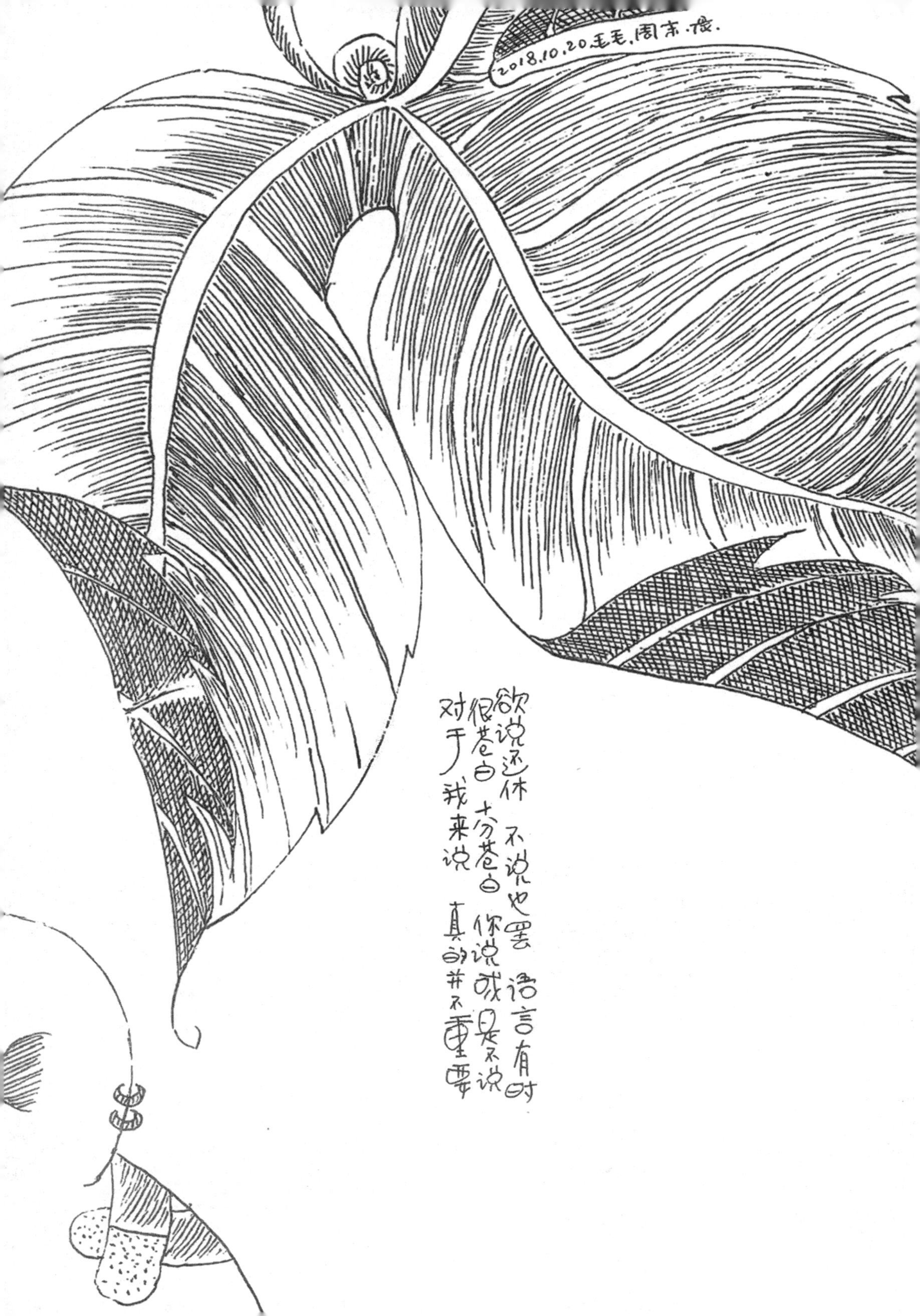
2018.10.20.毛毛.周末.夜.
欲说还休 不说也罢 语言有时
很苍白 十分苍白 你说或是不说
对于我来说 真的并不重要

雨总是会停的
雨后的阳光
一定会更加灿烂
这样想着
就不会觉得
阴雨可怖了~

2018.10.20.毛毛.

渴望一个温暖的怀抱
在冷风呼啸的夜
等待黎明
是每个晚上的梦
梦醒以后呢
我该怎么办 怎么办

2018.10.21.毛毛.
我们曾经距离那样近
那样那样的近
可是当时却并
没有意识到重要性
如今只有回忆
偶尔浮现
只要想起这些
我就忍不住
悲从心起

2018.10.21毛毛
岁月无声无息不留痕迹
地带走一切 往昔的美好
曾经的欢颜 还有眼角的
流波 只留空幻寂寥
此时此刻你在哪儿
我无声地呼喊

2018.10.21.毛毛

尽管还有许多的不如意
但仍然必须努力让生命绽放
然后开出花朵 不一定妖娆
绽放就已经很好了
我想 这是我唯一可以做的

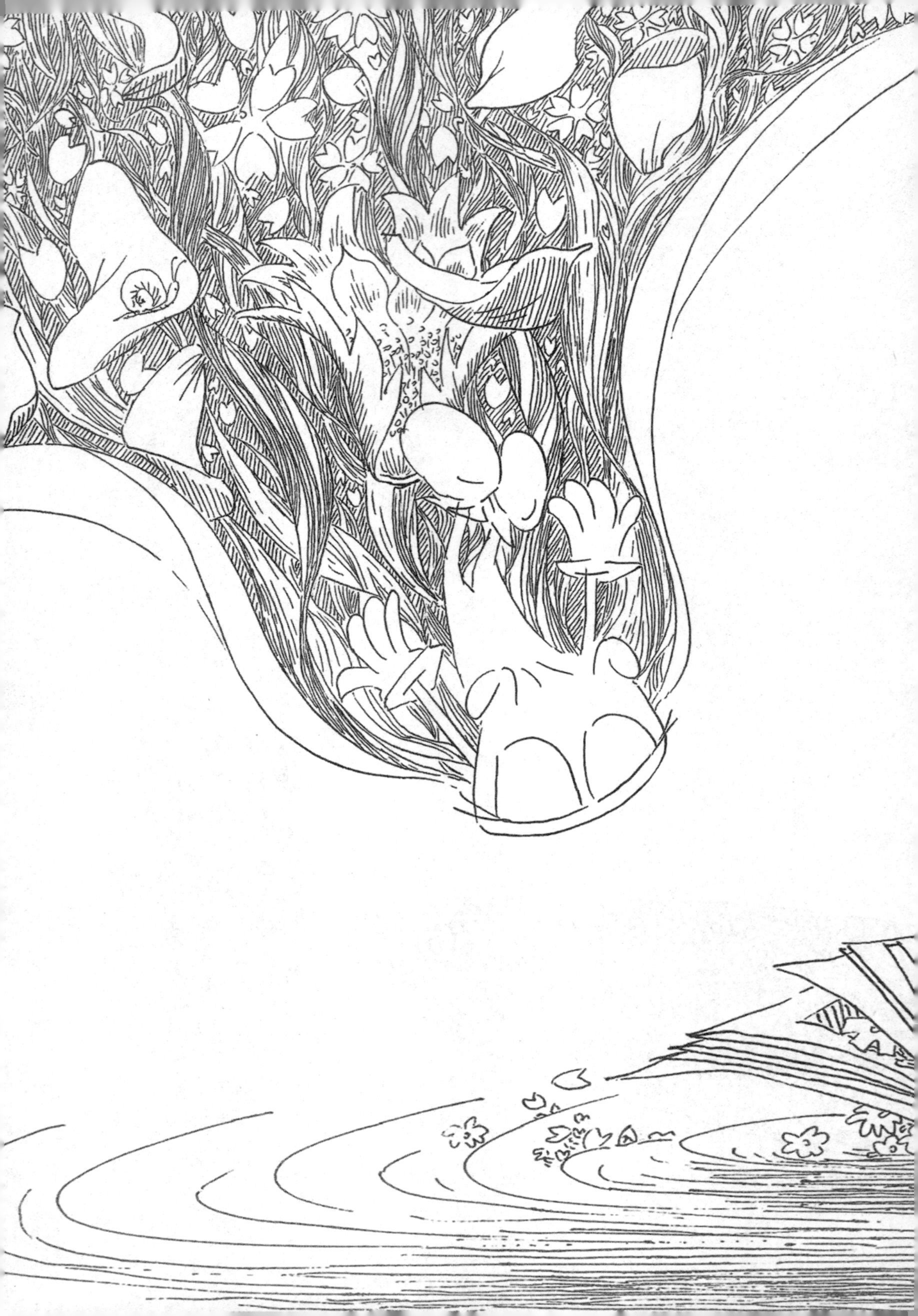

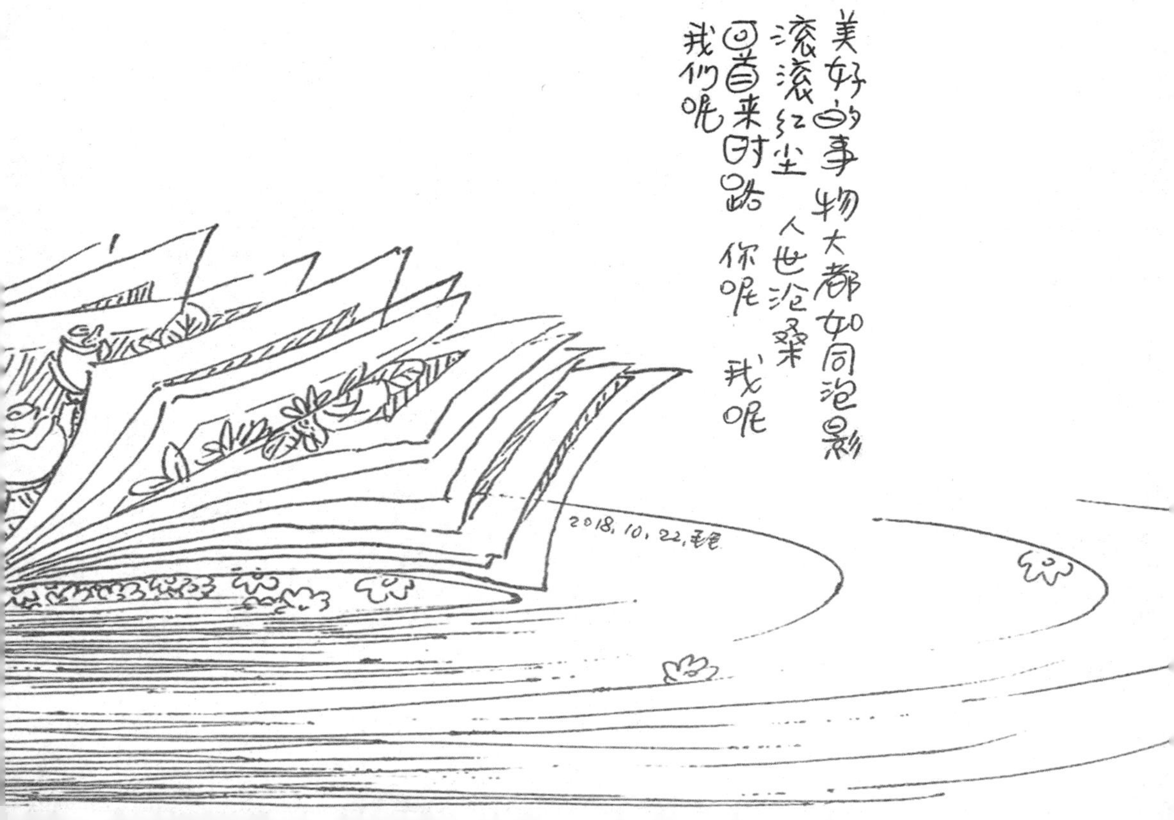
美好的事物大都如同泡影
滚滚红尘 人世沧桑
回首来时路 你呢 我呢
我们呢
2018,10,22,

植物过一段时间
都要浇一些水
有些人隔一段时间
就该见一面
于是 等待
等待

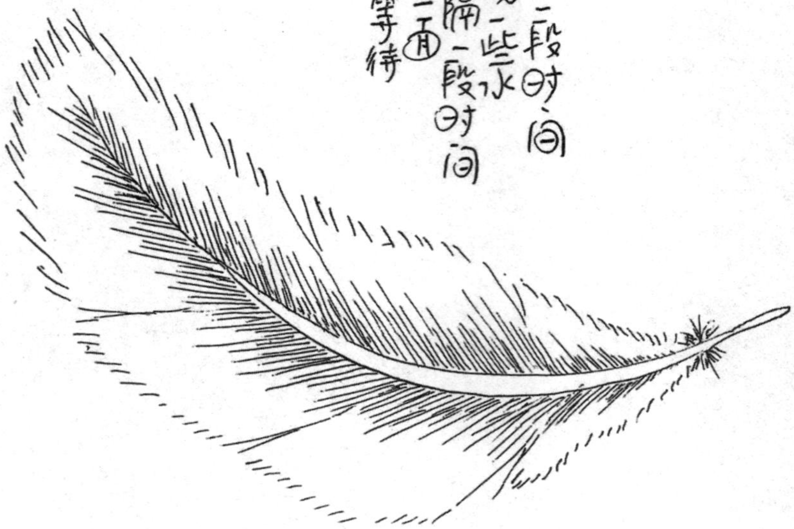

用大自然带来的
每一份感动潜心品味
人生底片上定会
繁花似锦
希望你也如是

2018.10.24.

有时我想
也许有些东西
一直就在
那里
仿佛它们
未曾走远
只是我们
看不到
你说呢

2018,10.25:毛毛,
心微动
奈何情已远
往事不可
重现
物非人非

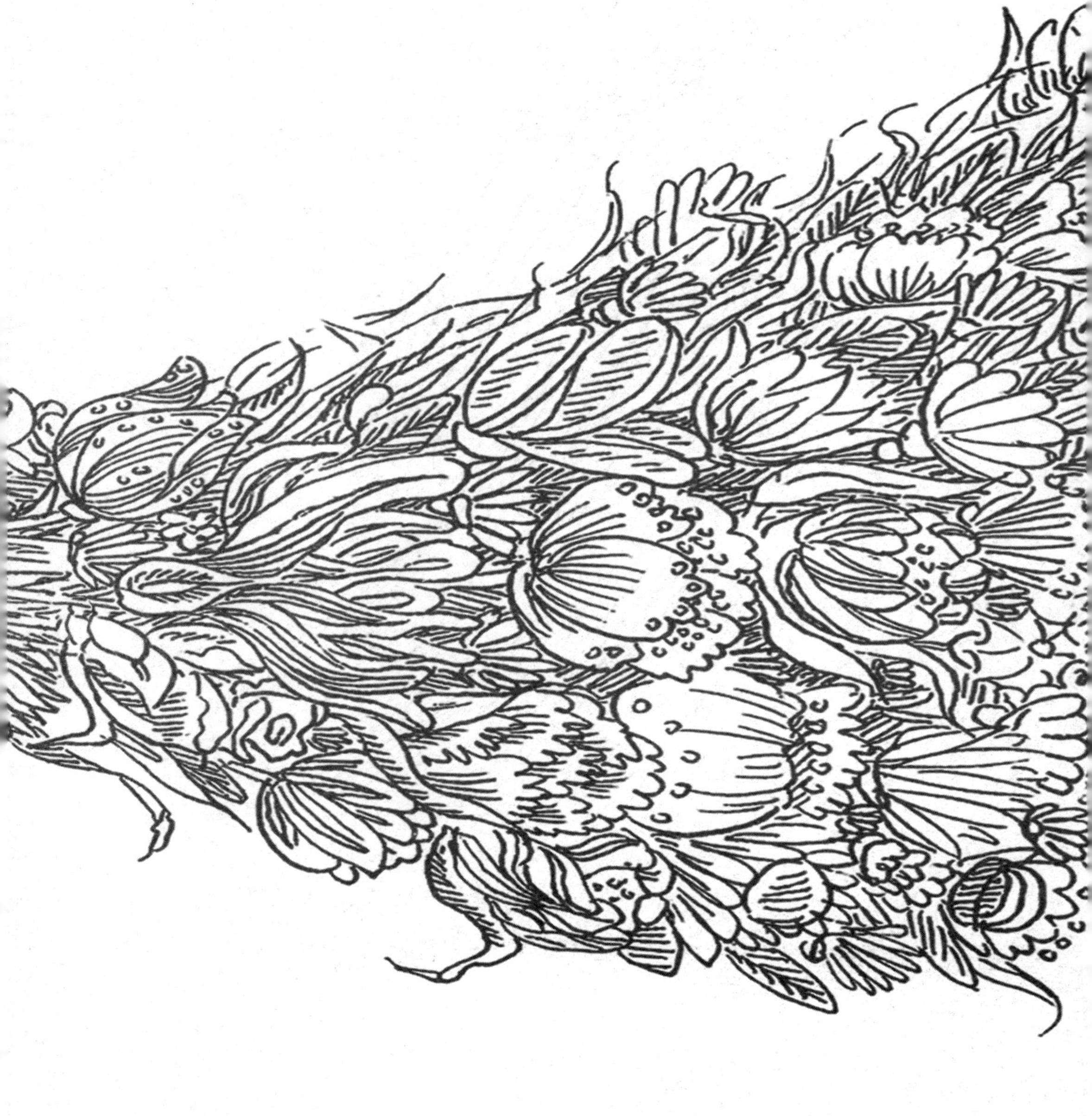

时间很短 天涯很远
倘若不慎误入迷途
也该安静从容
让思念变得温暖 偶尔
让往事重现
08.10.25.

有时会觉得看不到尽头
觉得筋疲力尽
觉得郁闷
甚至沮丧
但是
又能怎样呢
现实还得继续

有时感到很孤独 很落寞 也只能
安慰自己 未来一切一定会好起来的 一定
起码 我的心里还有你

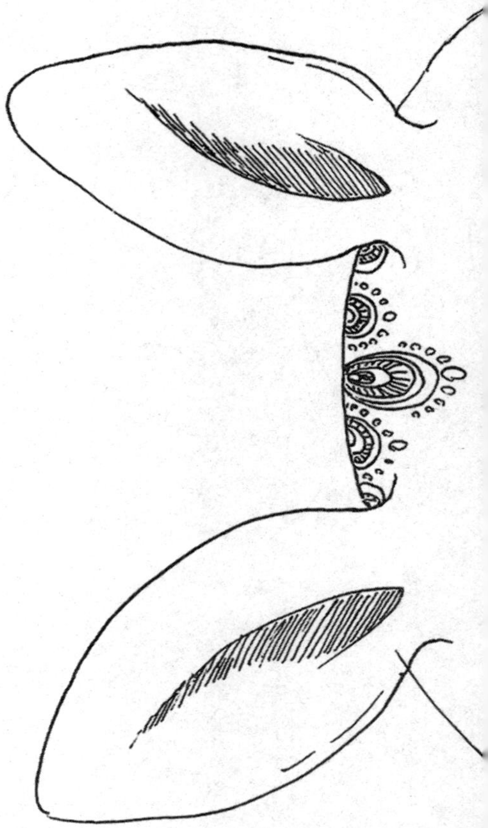

想起你 总是让我觉得温暖 尤其在寒冷的夜
你呢 有没有经常想起我 或只是偶尔

晨曦中 我与你相依相偎 嘴角还隐约
可见夜梦的甜蜜的笑意 久久不愿醒来
能不再醒来吗 能吗
不要总是沉默不语

相比于倾诉 我更愿意沉默地将往事收好
不期待赞美也不需要同情
希望 希望你也和我一样
只要回忆往昔
总会在某个位置找到彼此的温度

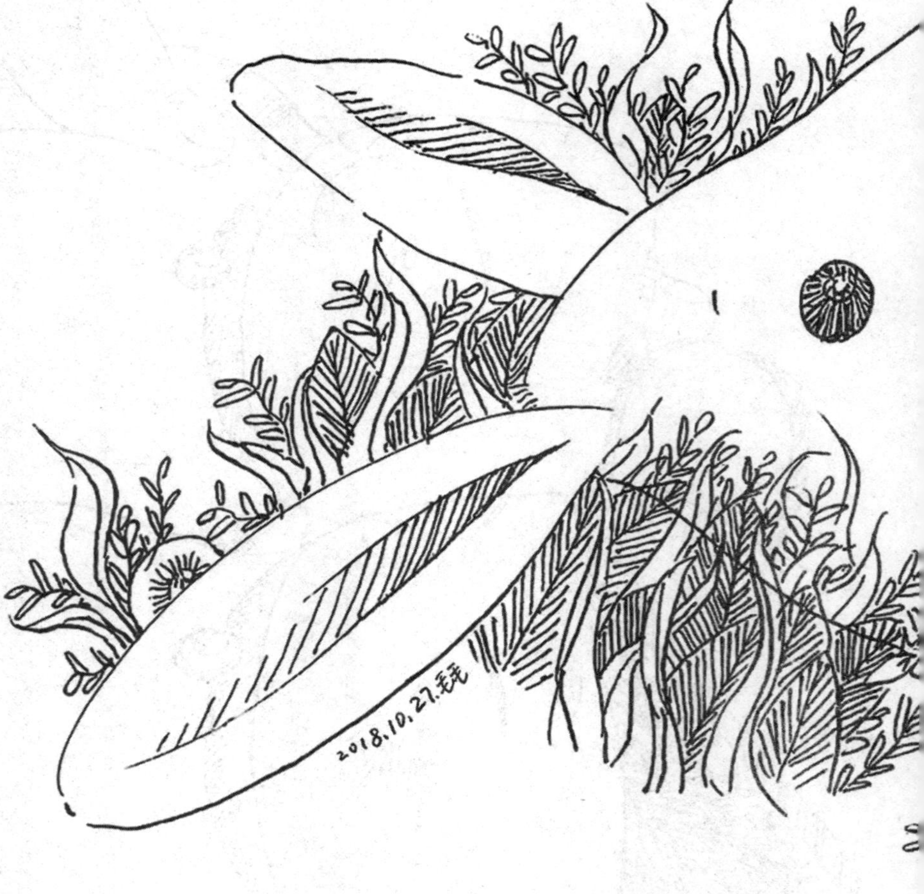
2018.10.27.毛毛

我想到处去走一走
循着你的足迹
可是
你能告诉我
你曾在哪里驻足停留
在哪里往返流连
又在哪里沉醉徘徊

安静地听种子发芽的声音 安静地等待花开 等你到来

等待一个不需要的承诺 等待一个无言的结局

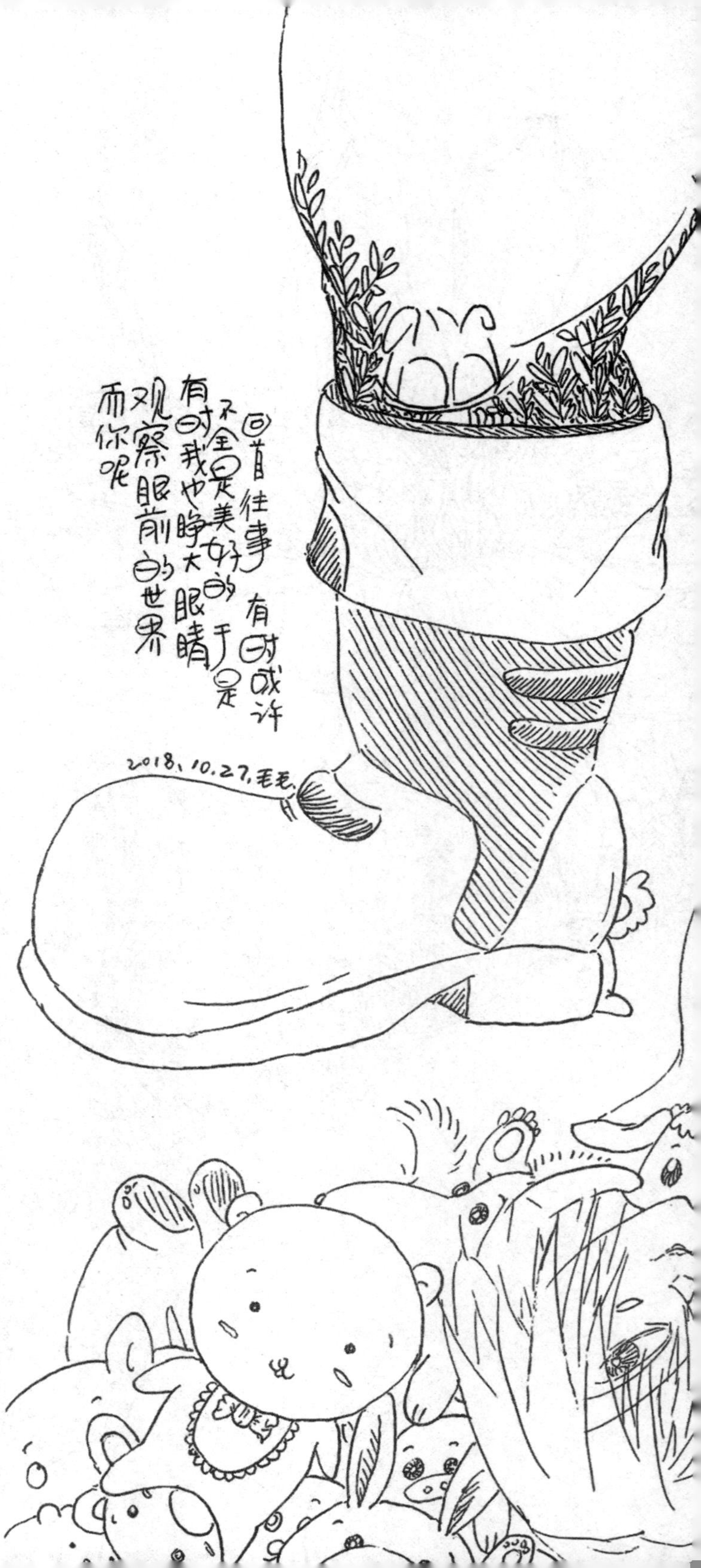
回首往事
有时或许
不全是美好的
于是
有时我也睁大眼睛
观察眼前的世界
而你呢
2018.10.27.毛毛

没有目的地做事 未尝不是
一件好事
目的性太强 也许不一
定就是好事
还是做自己

2018.10.27.毛毛.

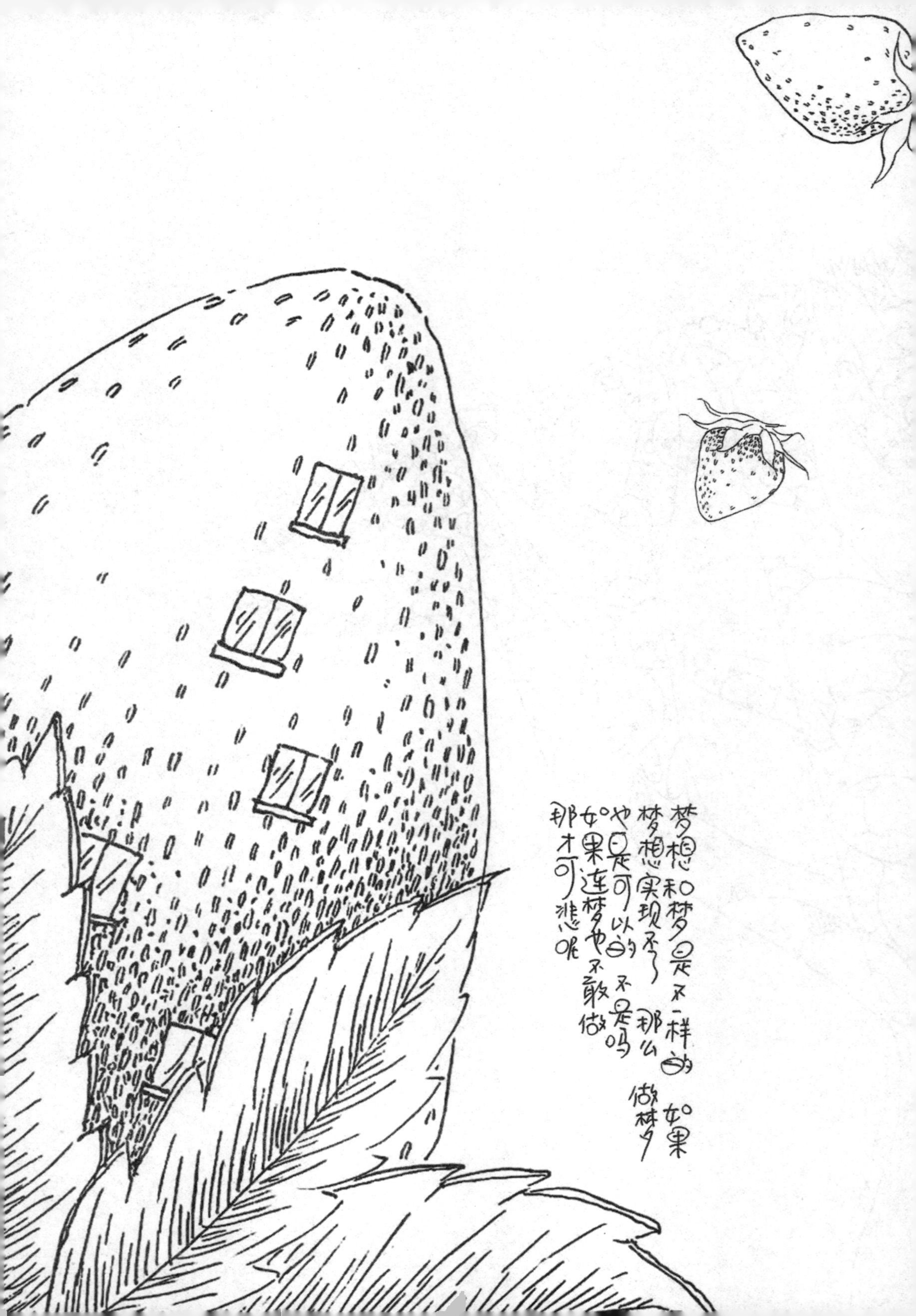
梦想和梦是不一样的 如果
梦想实现不了 那么 做梦
也是可以的 不是吗
如果连梦也不敢做
那才可悲呢

不满足 有时候并不是为了结果
而是那个过程 其实可以做得更好
只是没有

不要违心地服从
也不要倔强地死磕
努力跟自己和解
和世界和解
相融 其实真正做到
何其难啊

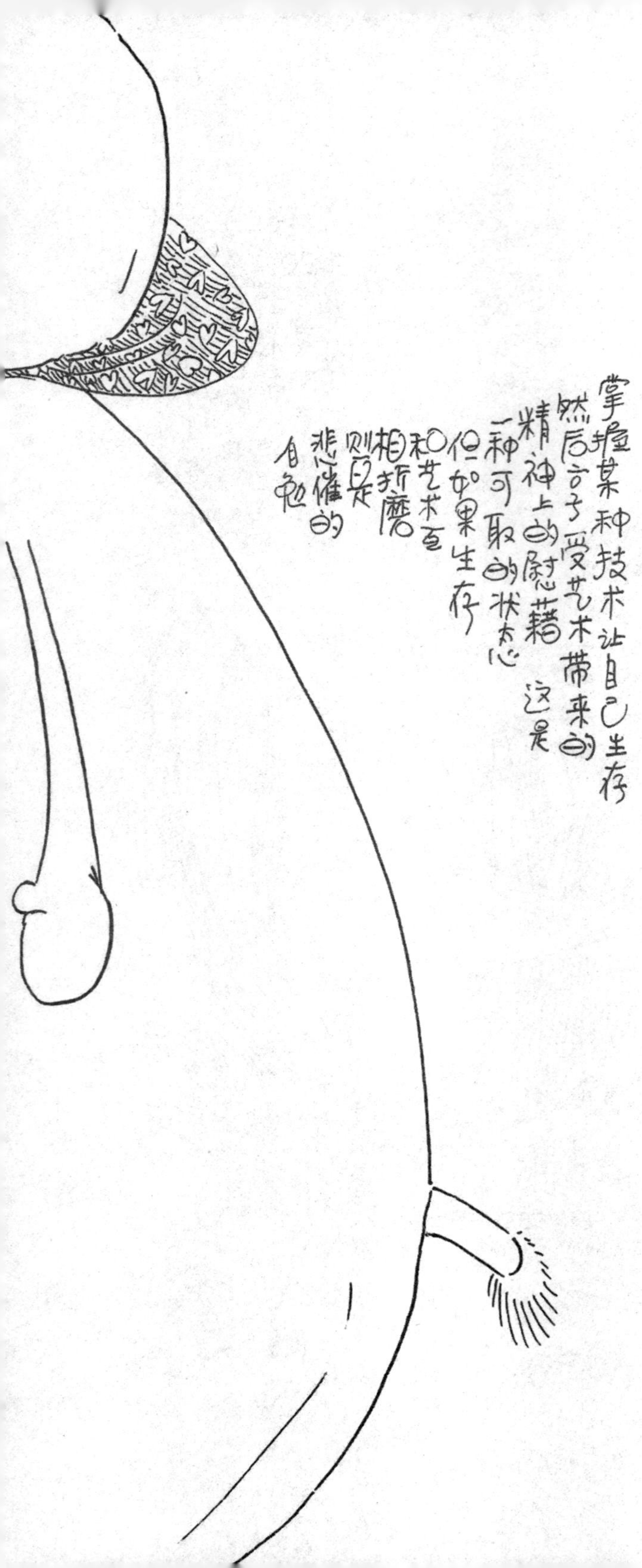
掌握某种技术让自己生存
然后享受艺术带来的
精神上的慰藉 这是
一种可取的状态
但如果生存
和艺术互
相折磨
则只是
悲催的
自勉

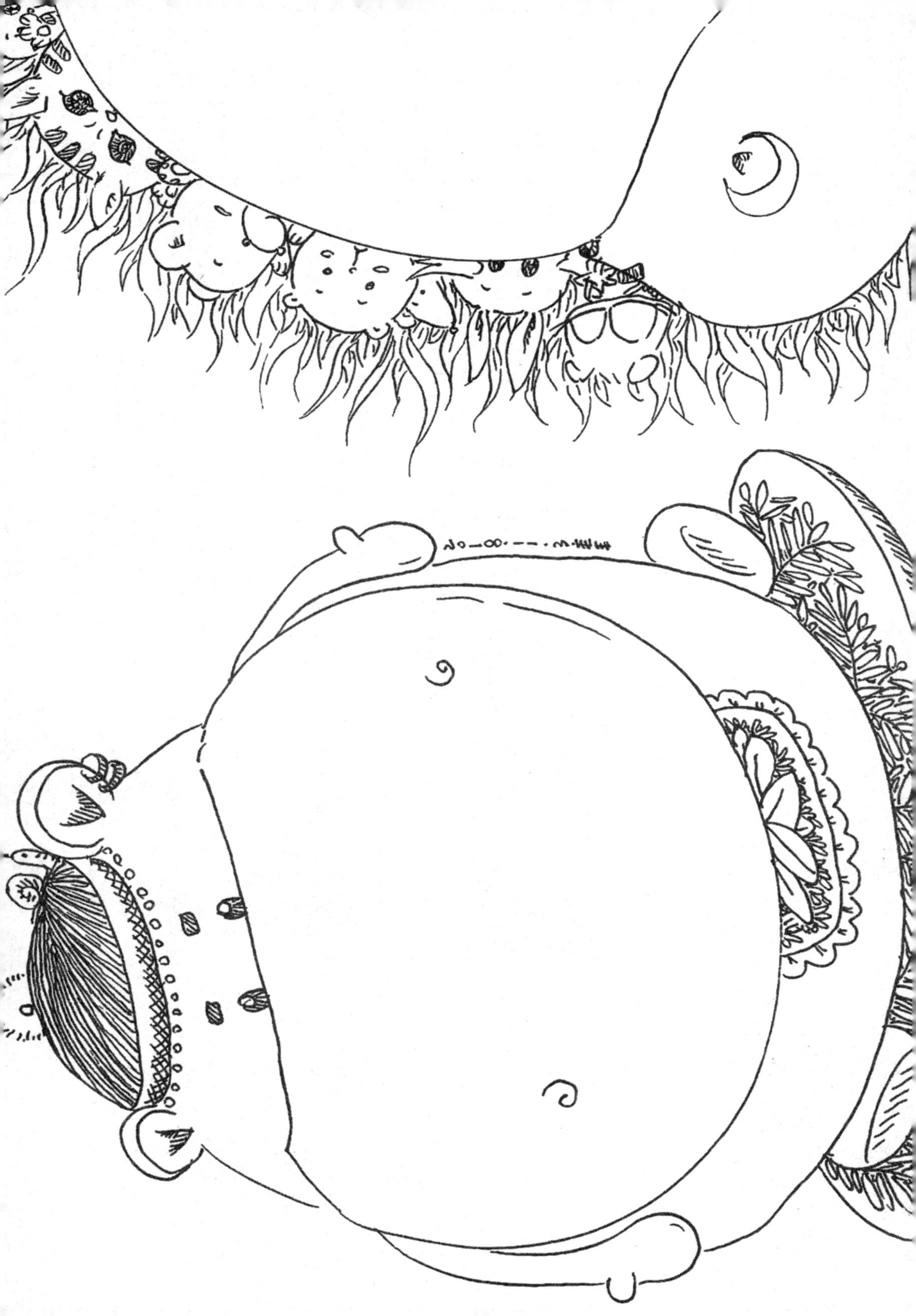

把握当下和活在当下
其实是一对孪生子
在我思念的时候
你有没有也在思念
却是一道不可解的题

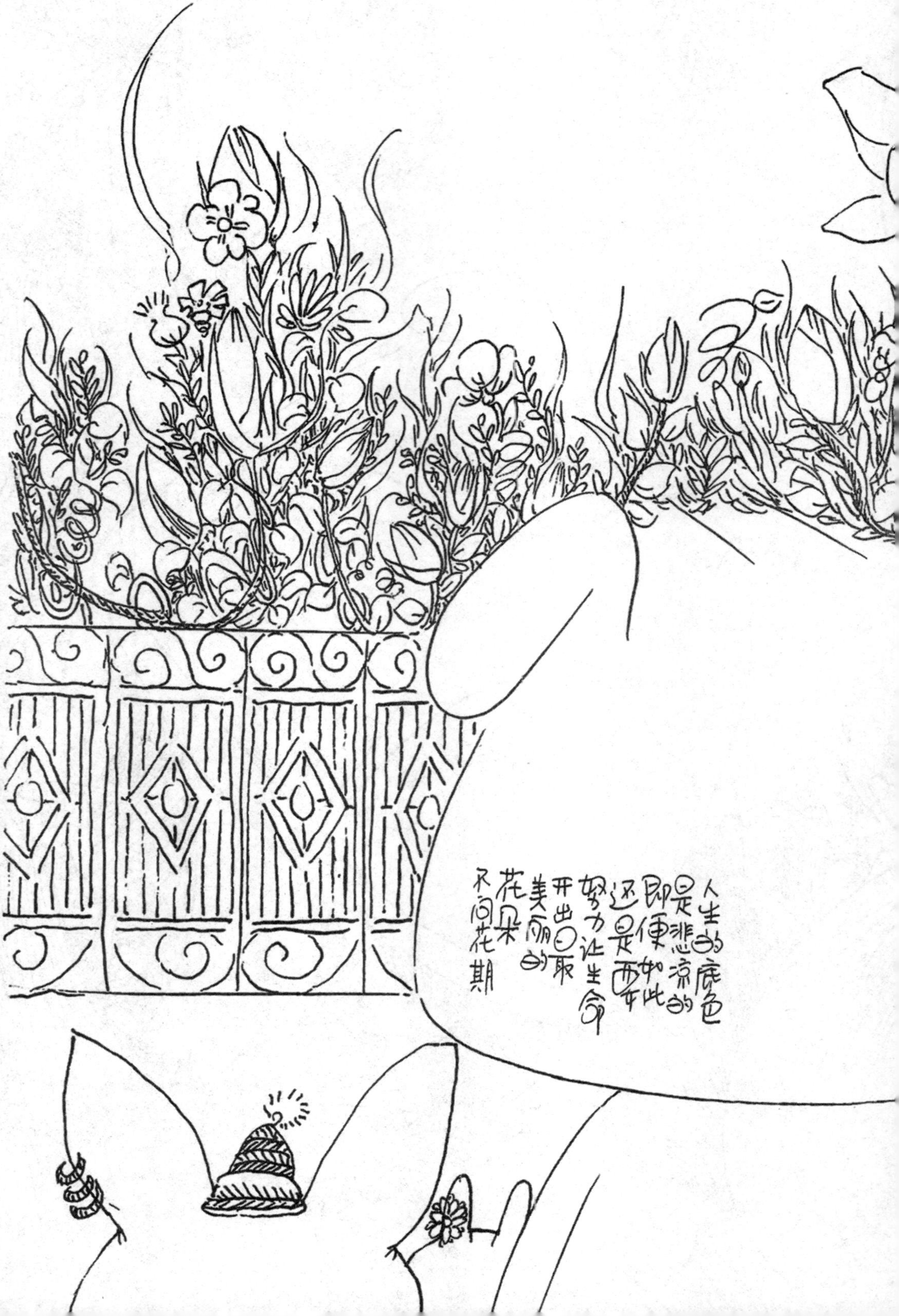
人生的底色
是悲凉的
即便如此
还是要
努力让生命
开出最
美丽的
花朵
不问花期

2018.11.3.

維持一种封闭的状态
没有多么不好
也没有多么好
只要愿意
就封闭吧
但无论如何
都不要把世界隔开
这不是悖论

有时候可能不知道自己
要什么
但一定是知道自己
不要什么的
其实并不全是如此
比如 思念时到底在思念什么
我却不能完全知晓

2018.11.3. 毛毛

认清现实
的真相
仍然要
努力热爱
现实
即便思念
无力偿还
是要思
念
什么结果
都不要

2018.11.4.
没有任何目
的地去阅
读，读一些
无用之书
人
生应
该有
各种
况味
除了
思念

风雨中 落叶缤纷 花瓣也不情愿地跌落在地
不情愿 又能怎样呢
有些东西并不因个人意志而转移
2018.11.4.

窗外寒风瑟瑟叶凋零
但无论怎样 我都相信 春天
一定会如期而至 一定的

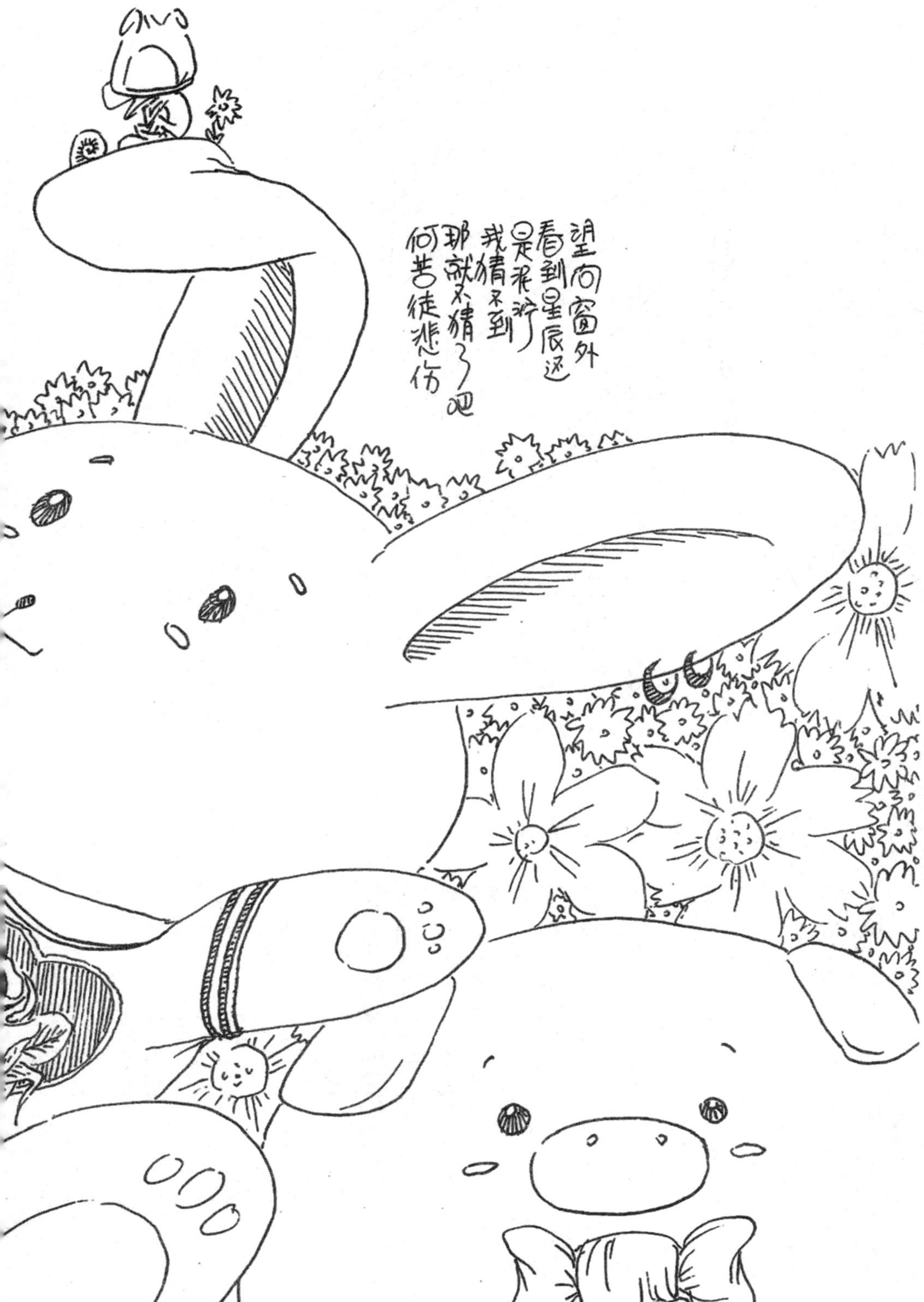
望向窗外
看到星辰还
是飞行了
我猜不到
那就不猜了吧
何苦徒悲伤

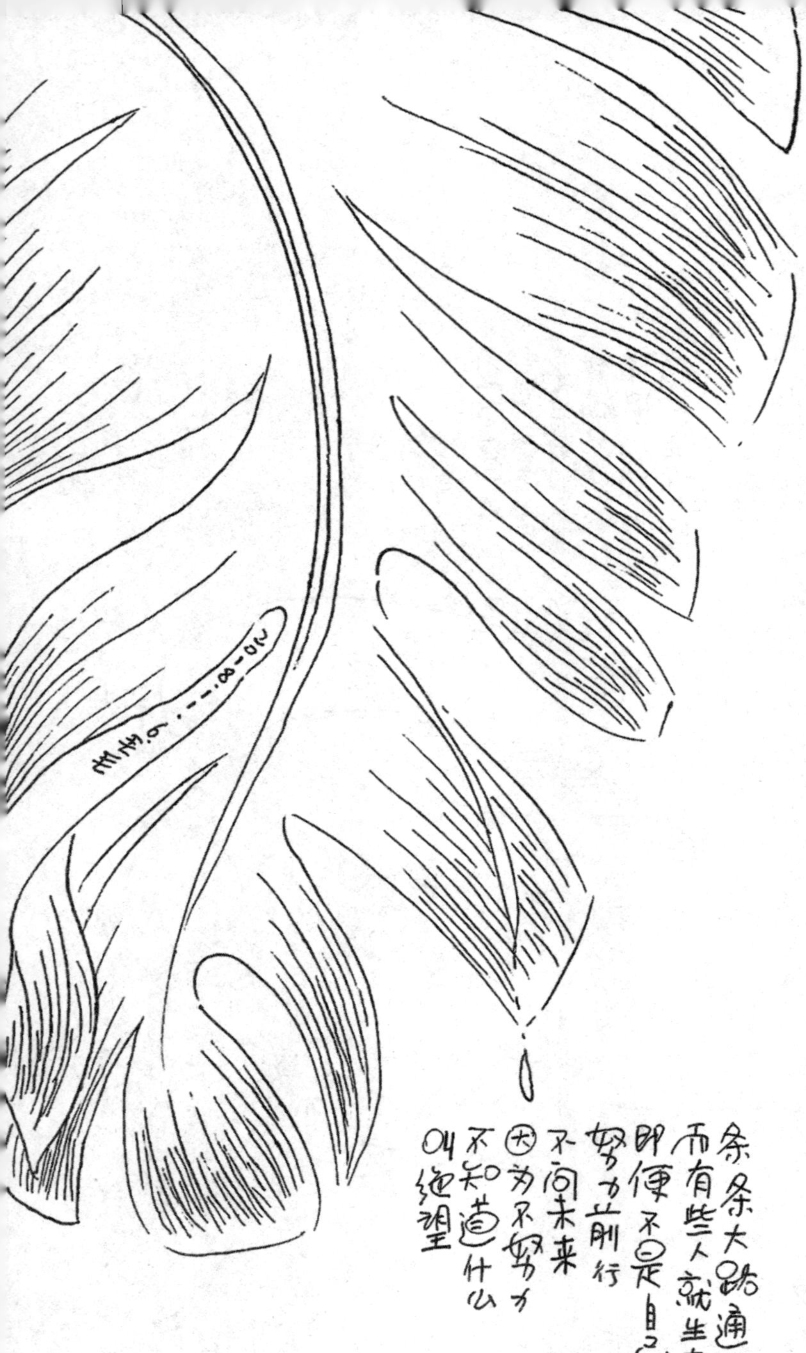

条条大路通罗马
而有些人就生在罗马
即便不是自己 也该
努力前行
不向未来
因为不努力
不知道什么
叫绝望

有时夜很深~
还睡不着
有时天亮~
却又醒不来
当思念只有
在梦境中变
成现实时
幸还是不幸
2018.11.6.毛毛

总是会突然没来由地
想起你 想起你的笑
2018.11.6. 毛毛

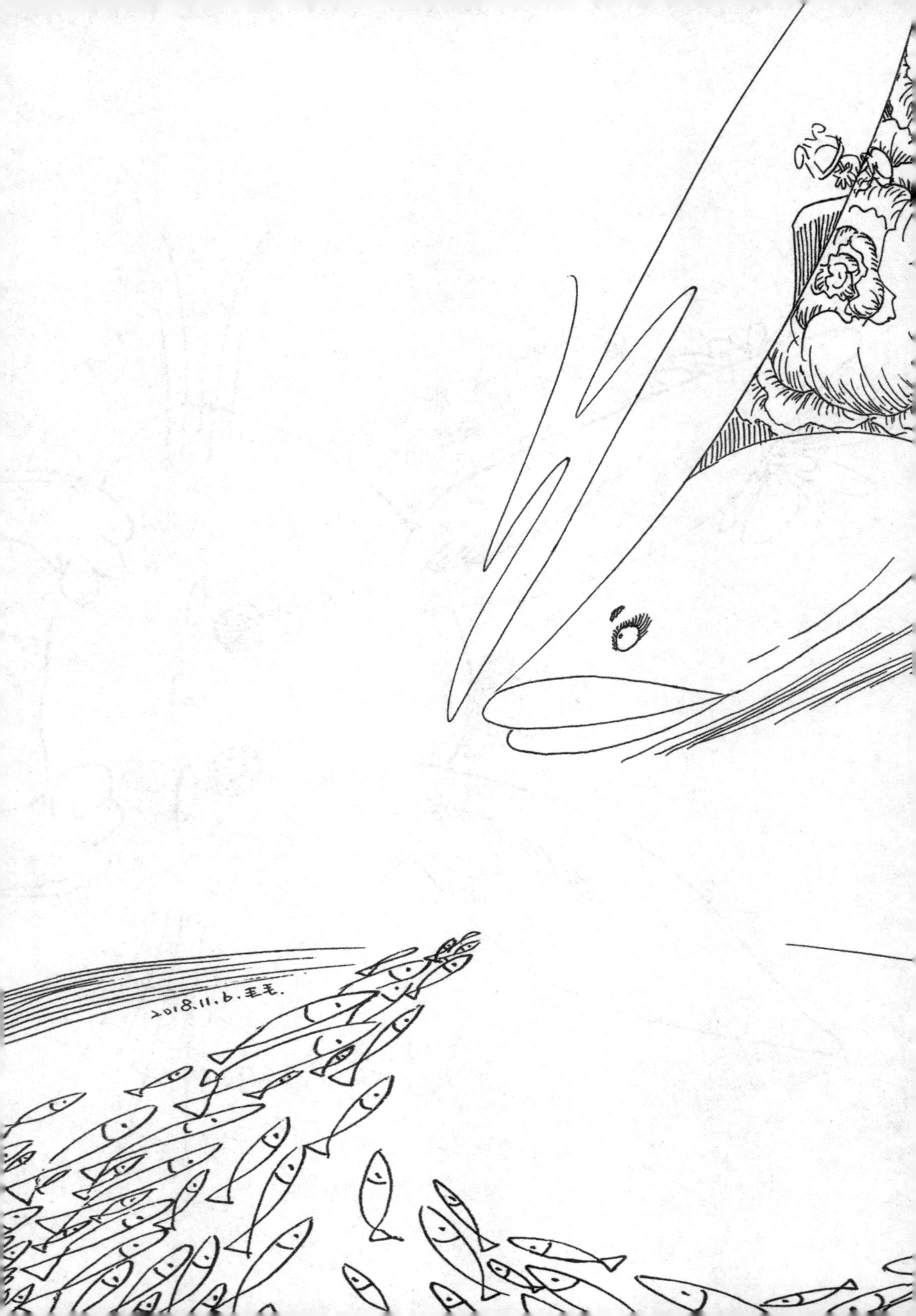
2018.11.6.毛毛.

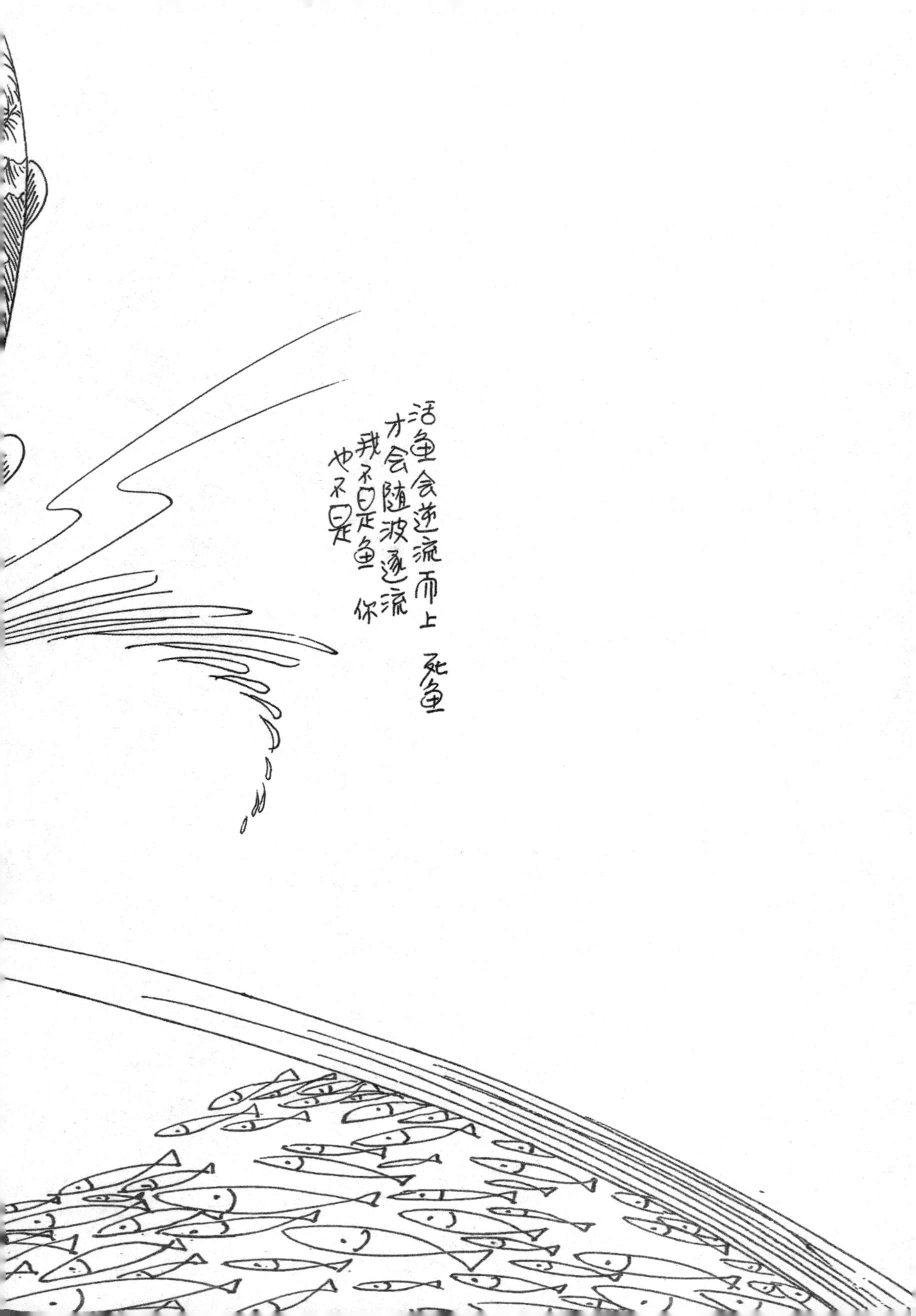
活鱼会逆流而上 死鱼
才会随波逐流
我不是鱼 你
也不是

每当陷入思念的泥淖
就许久许久都走不出来
有时是不愿出来吧
我猜

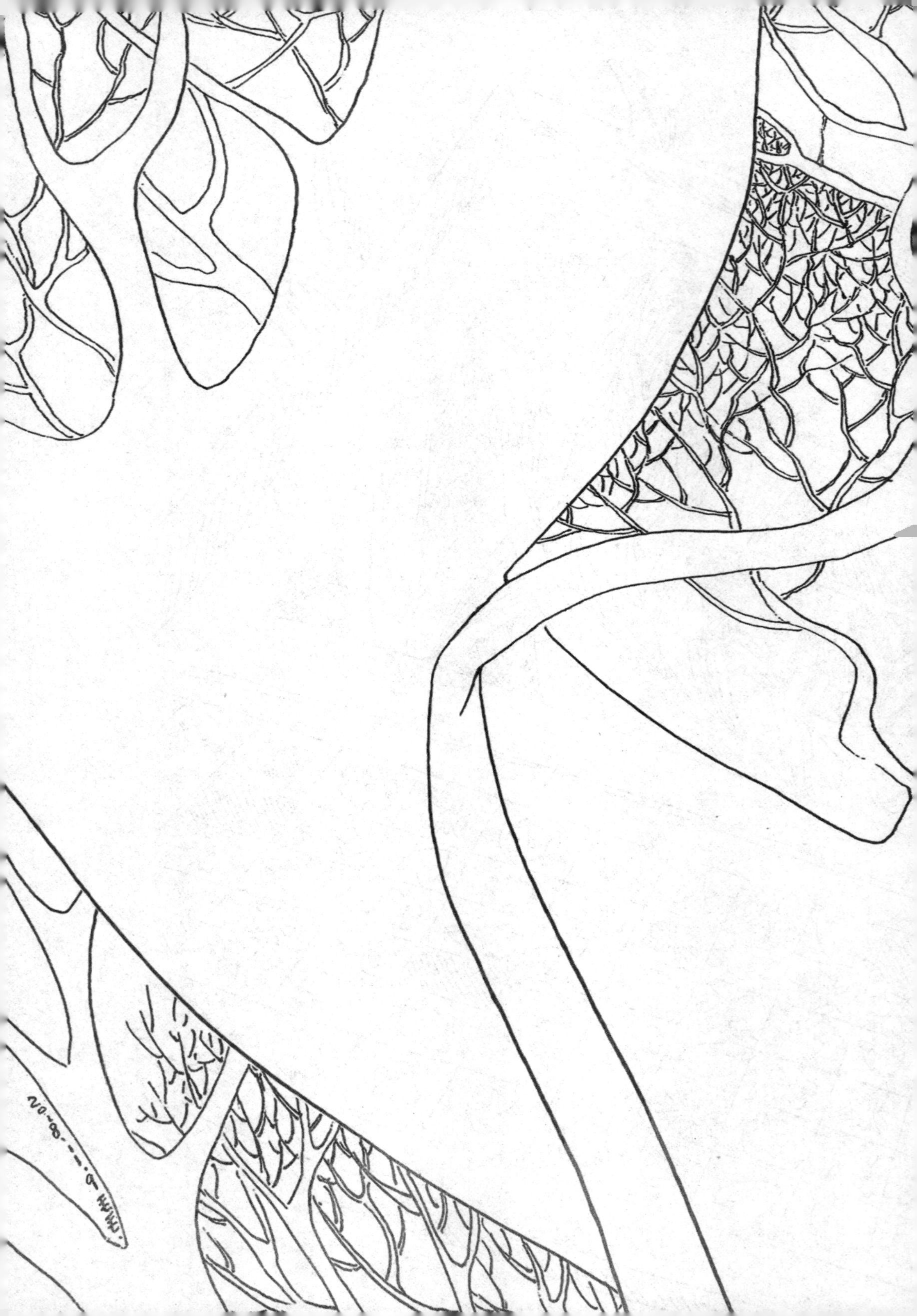

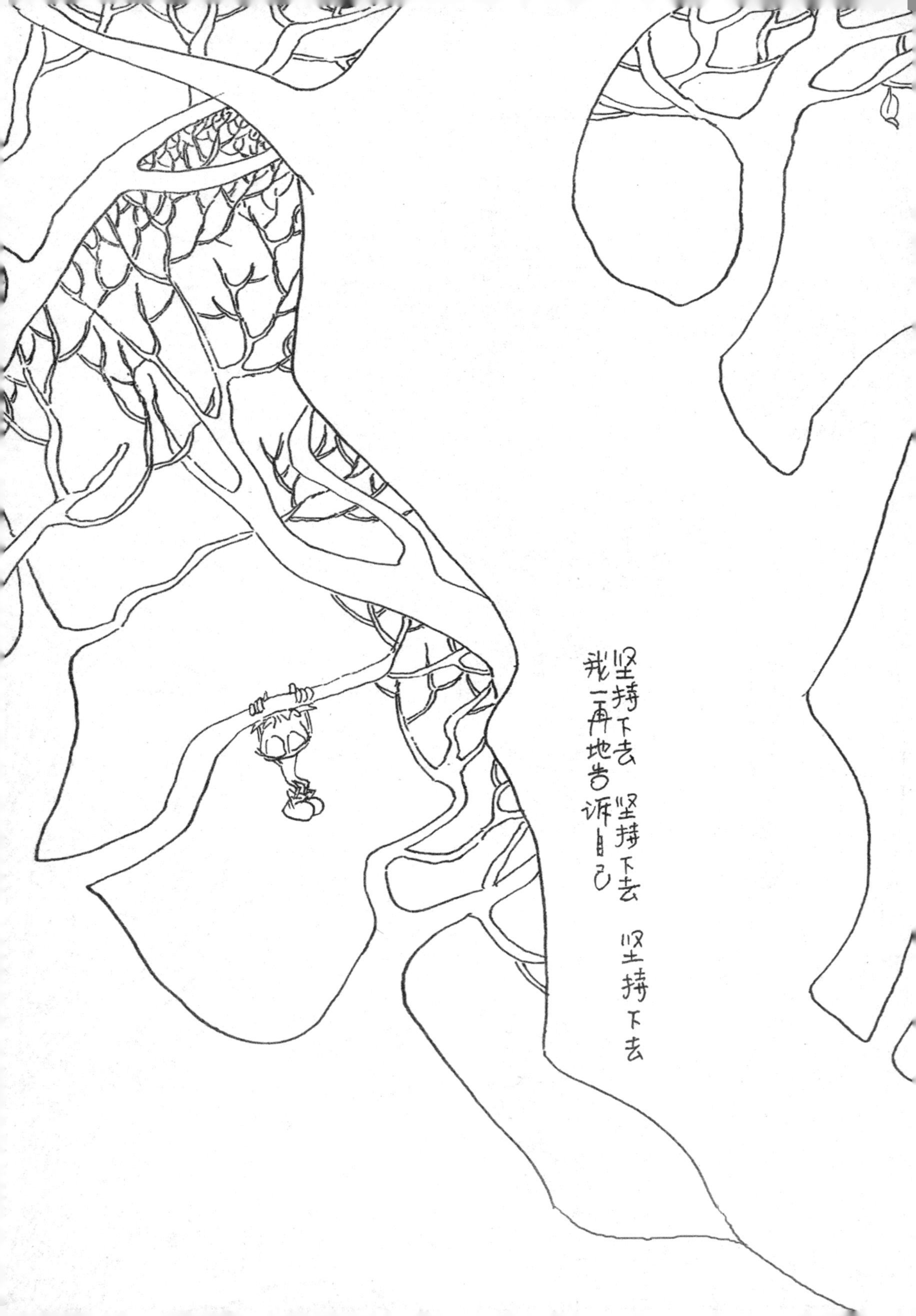
坚持下去 坚持下去 坚持下去
我一再地告诉自己

即便投入了时间
和精力 那又怎样
即便结果可能
并不是想要的
那又怎样
我早已
做好迎接
失败的预期
和准备

有些人适合走近彼此温暖 有些人只适合远观

而你属于哪一种 我不能知道 真的不知道

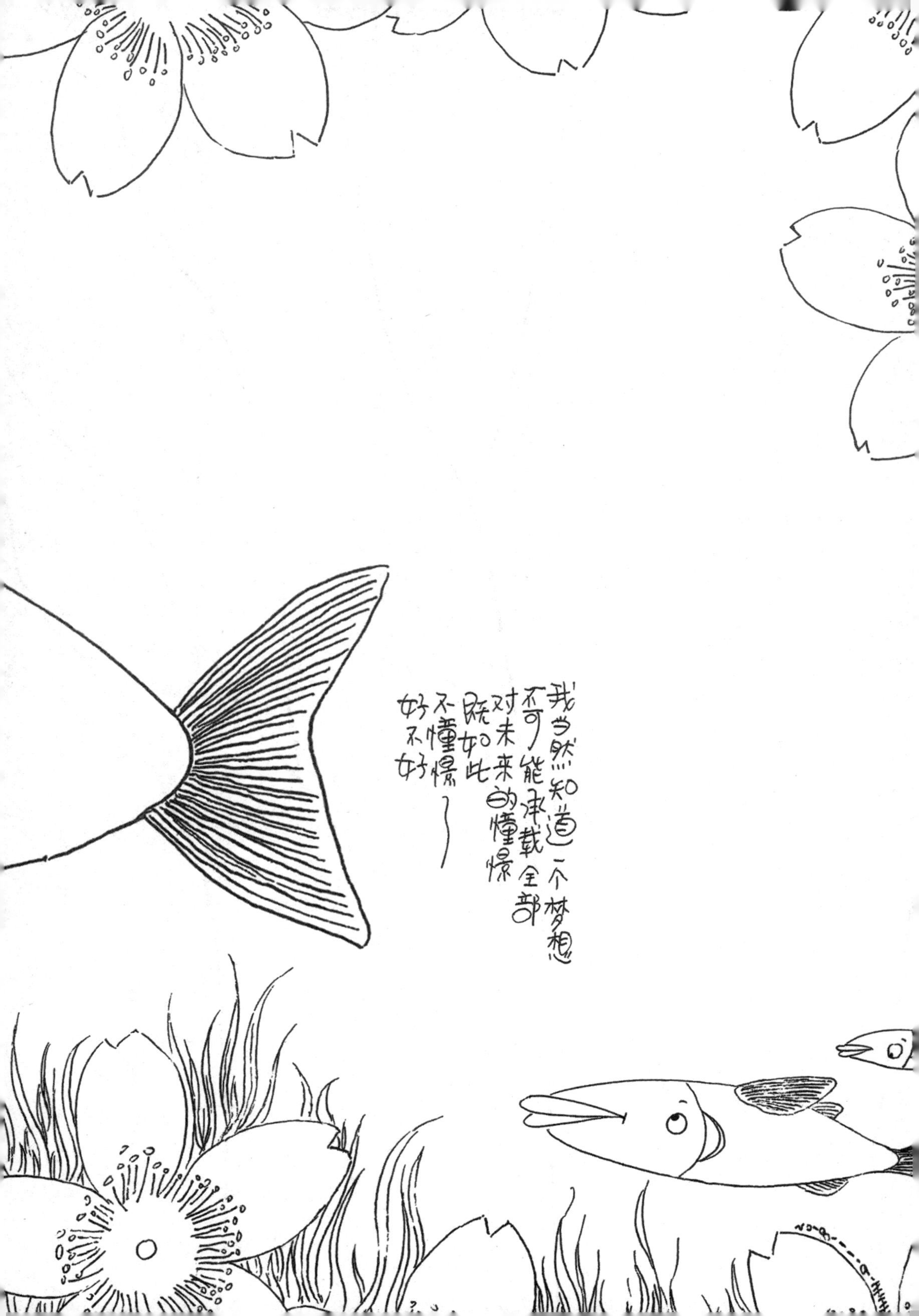
我当然知道一个梦想
不可能承载全部
对未来的憧憬
既如此
不憧憬~
好不好

2018.11.9.
除了等待 等待 我不知道自己还能做些什么

有时 好不容易撑过了
一段迷惘 结果下一个
黑暗又不期而至
然而除了无奈
我不知道还该怎样
2018.11.10.毛毛

2018.11.10.毛毛

抬头看 不见你
回头看 不见你
左边不见 右边也不见
仿佛从未来过

有时 我会想想那些我没有得到的东西
只是想一想而已 不再想怎样
因为明知一切都是徒劳无益

喜之 就去表白 不计后果
恶之 则惩戒之 不管不顾
要么抗争 要么接受

一直纠结于一件事是没有意义的
可是不纠结又不知该如何

2018

思念常常让我如此悲伤
这就是你出现的原因吗
请告诉我

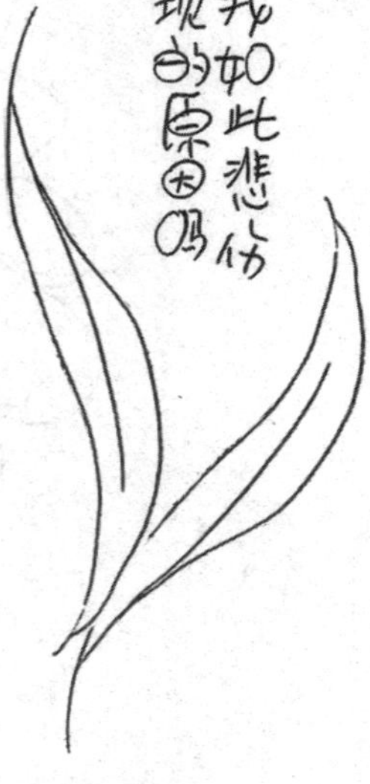

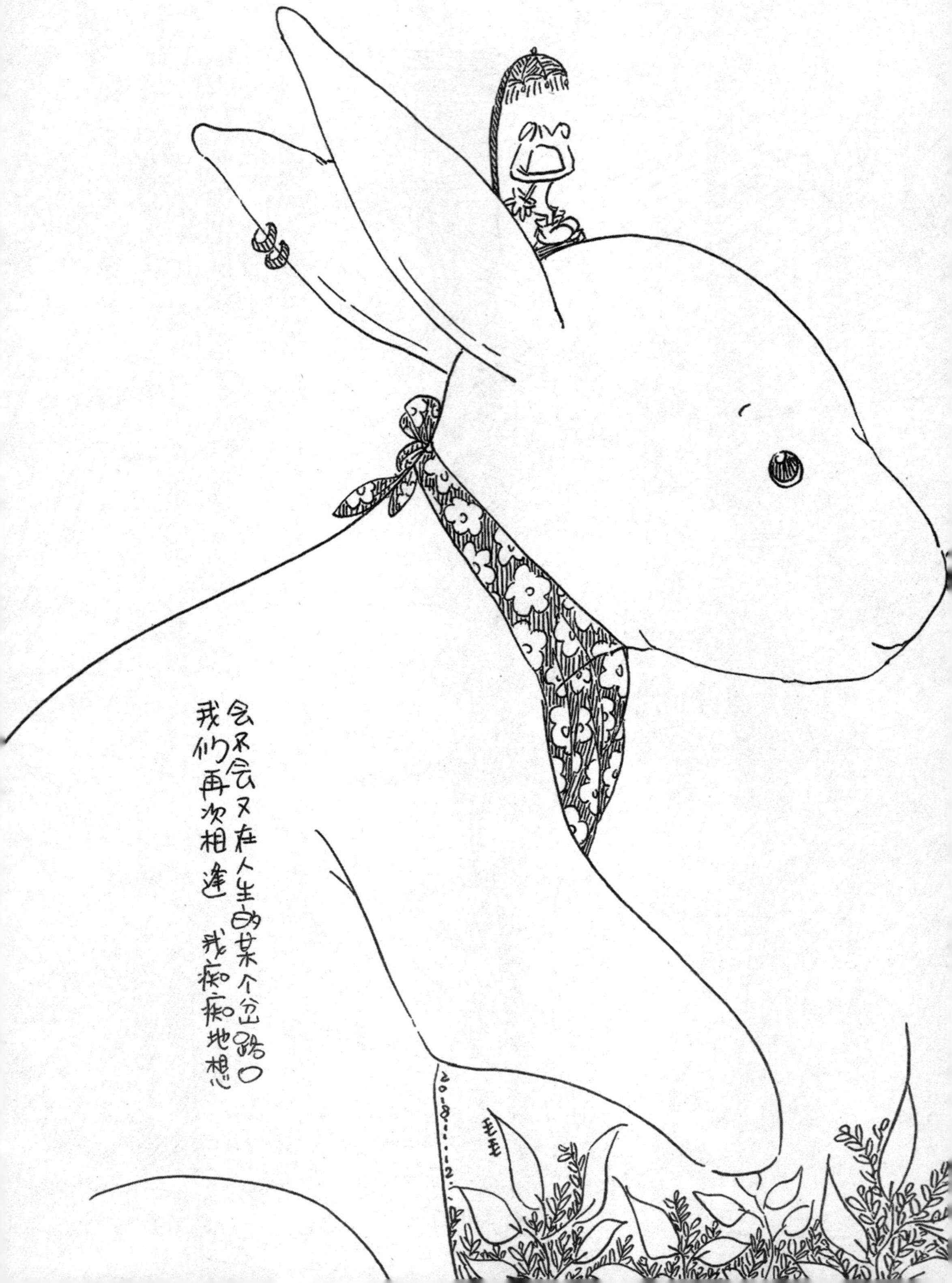
会不会又在人生的某个岔路口
我们再次相逢
我痴痴地想
2018.1.12
毛毛

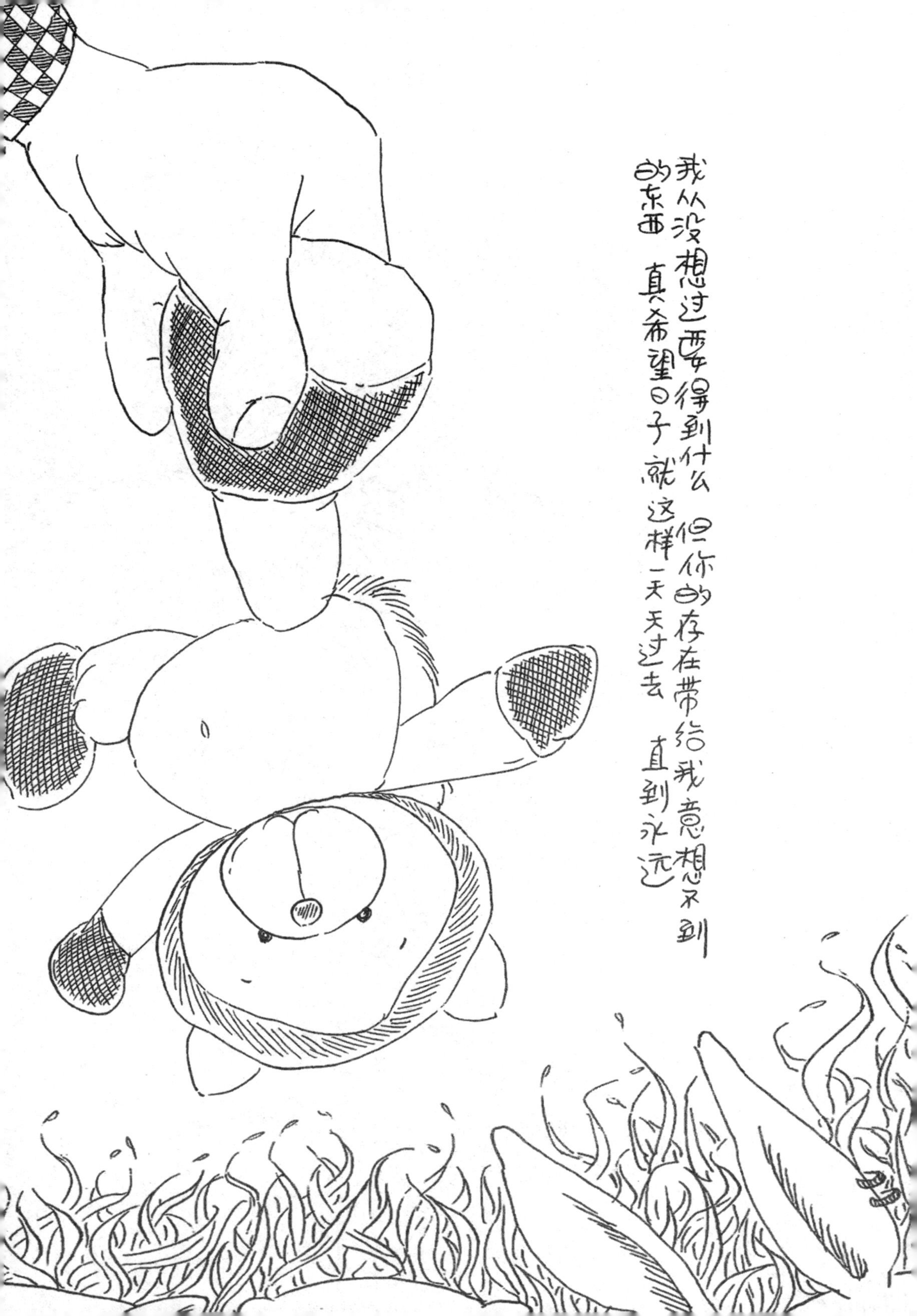
我从没想过要得到什么 但你的存在带给我意想不到
的东西 真希望日子就这样一天天过去 直到永远

总是会傻傻地等
等待一个没有结果的结果
一个没有未来的未来

我要控制我自己
不会让谁看见我流泪
自欺欺人
好吧
就这样吧

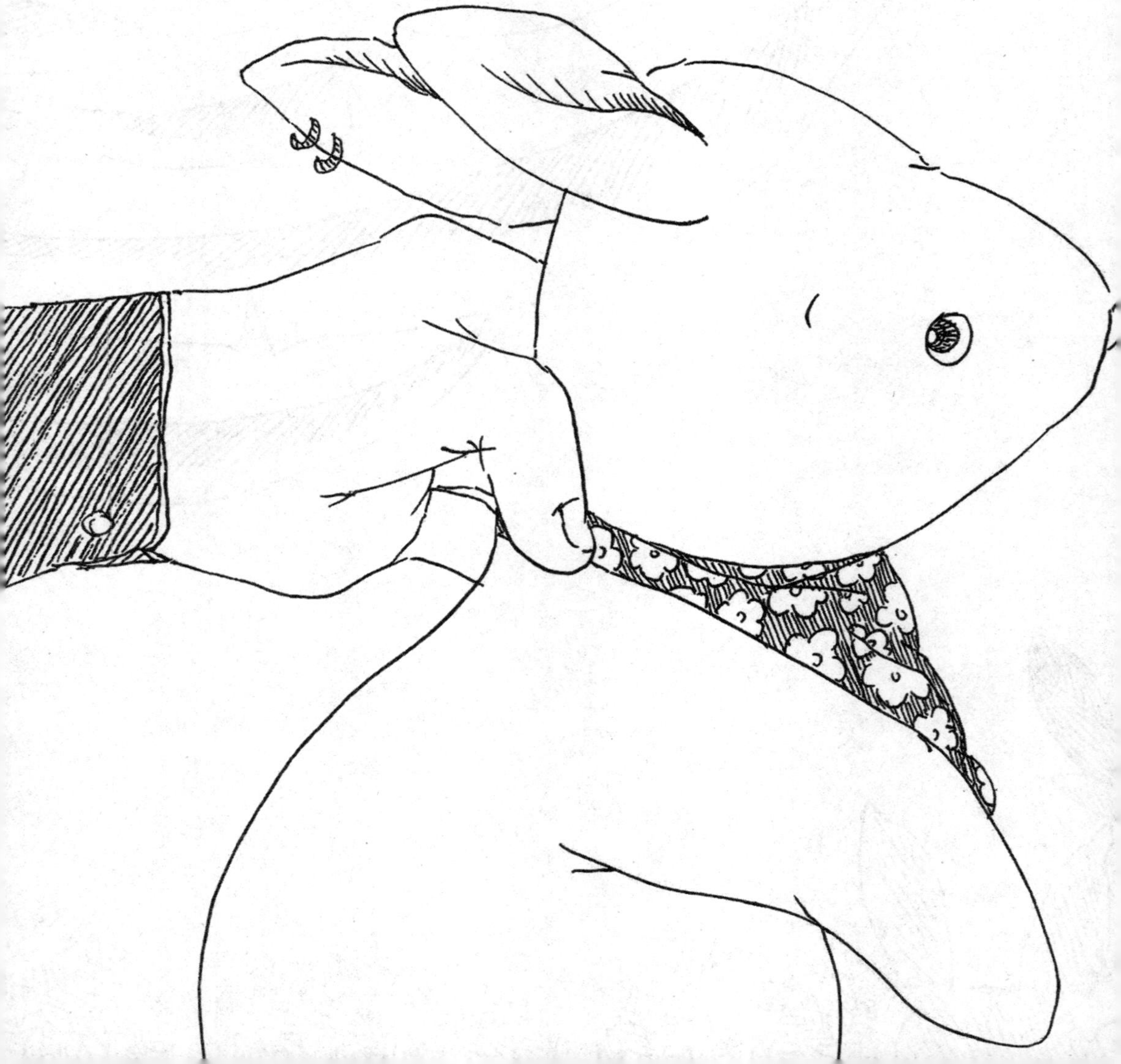

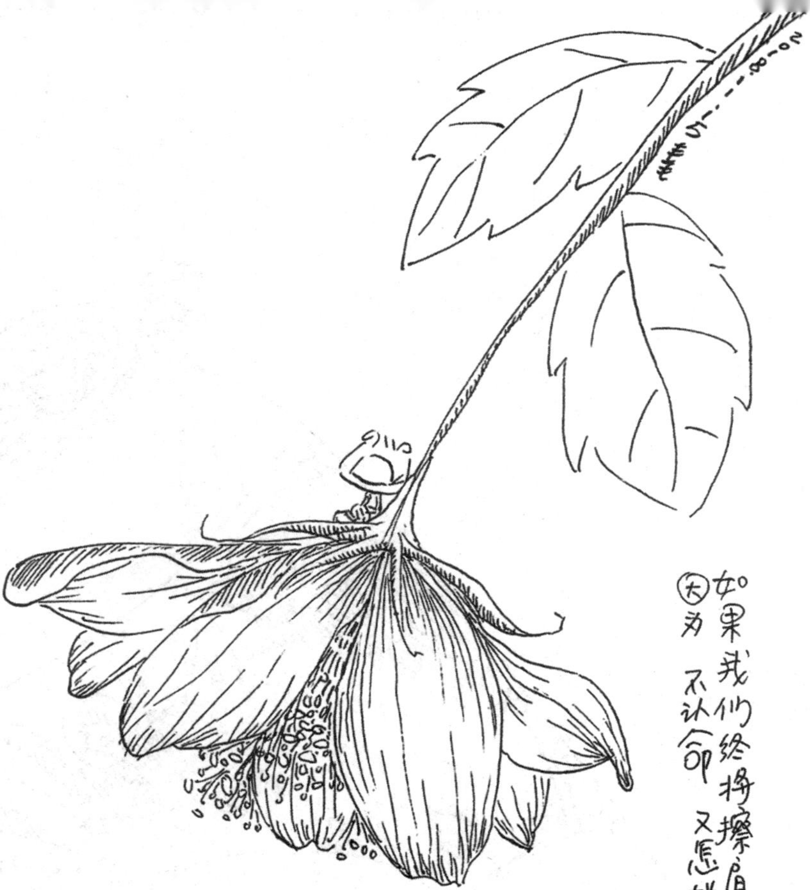

如果我们终将擦肩而过 我认了

因为不认命 又怎样呢 不是吗

回忆往事比等待发生故事更令人痛苦 更多痛苦的是 往事总是
盘旋萦绕心头 怎么都挥之不去 而故事的发生却遥遥无期
每当这时候 我就会有一种深深的无力感

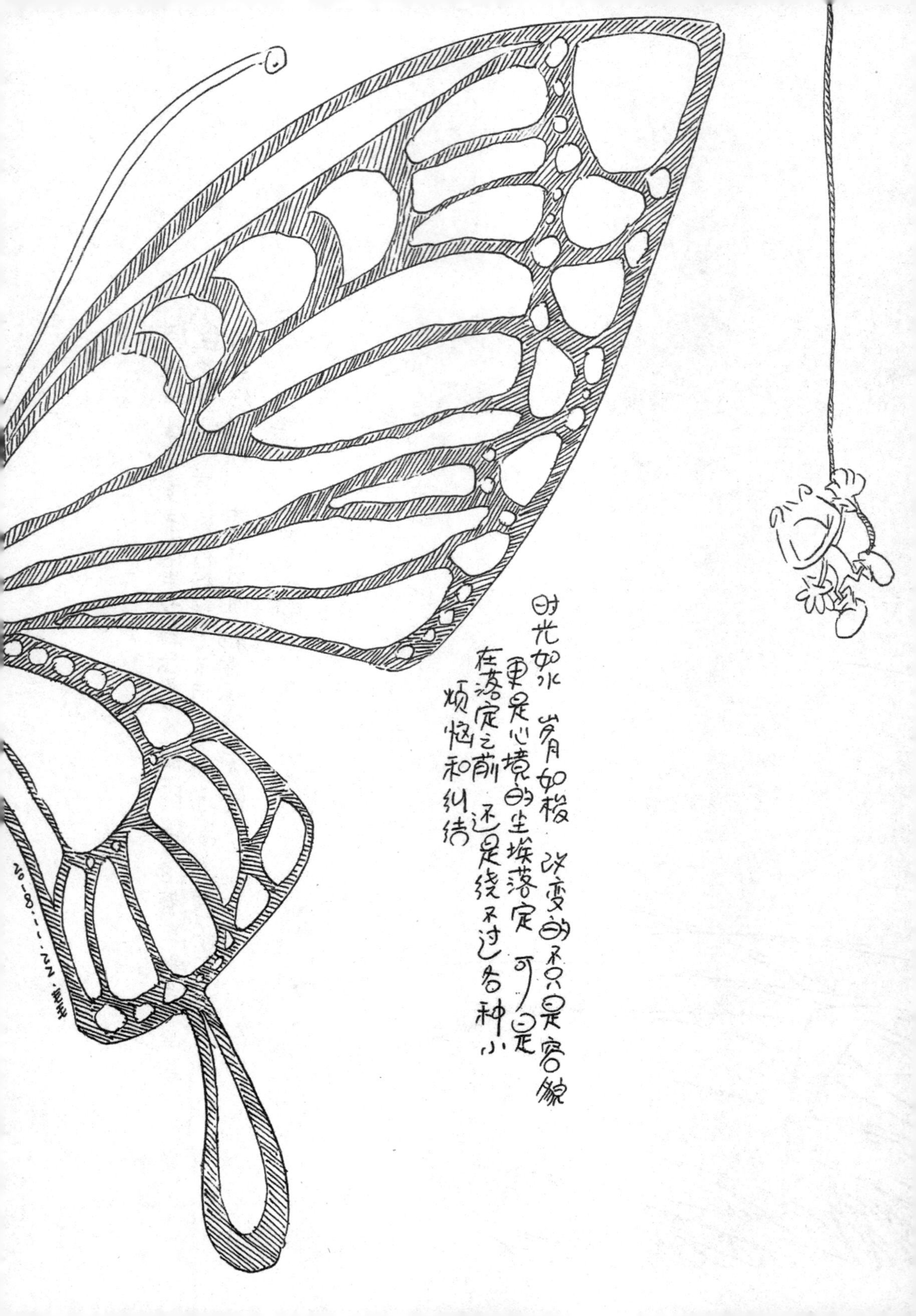
时光如水 岁月如梭 改变的不只是容貌
更是心境的尘埃落定 可是
在落定之前 还是绕不过各种小
烦恼和纠结
2018.11.22

又一次从夜的梦境中
醒来 我痴痴地想
今天会不会有
你的消息
无所谓好的坏的
只要证明
你在世界的某
个角落依然
安好

2018.11.23.毛毛.

岁月渐逝中
有时我甚至会怀疑
我们究竟是真的
遇见彼此 还是
仅仅是一场子虚
乌有的梦
谁能告诉我答案

过于流行的东西终将昙花一现
过于炽热的情感未必持久
那就让我们把那份情
深埋心底 让时光将它
酿成醇香的美酒
好不好
好不好呢

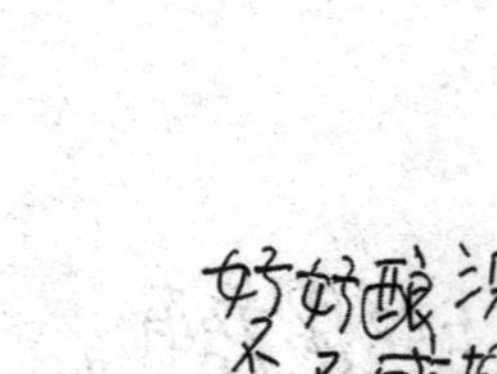

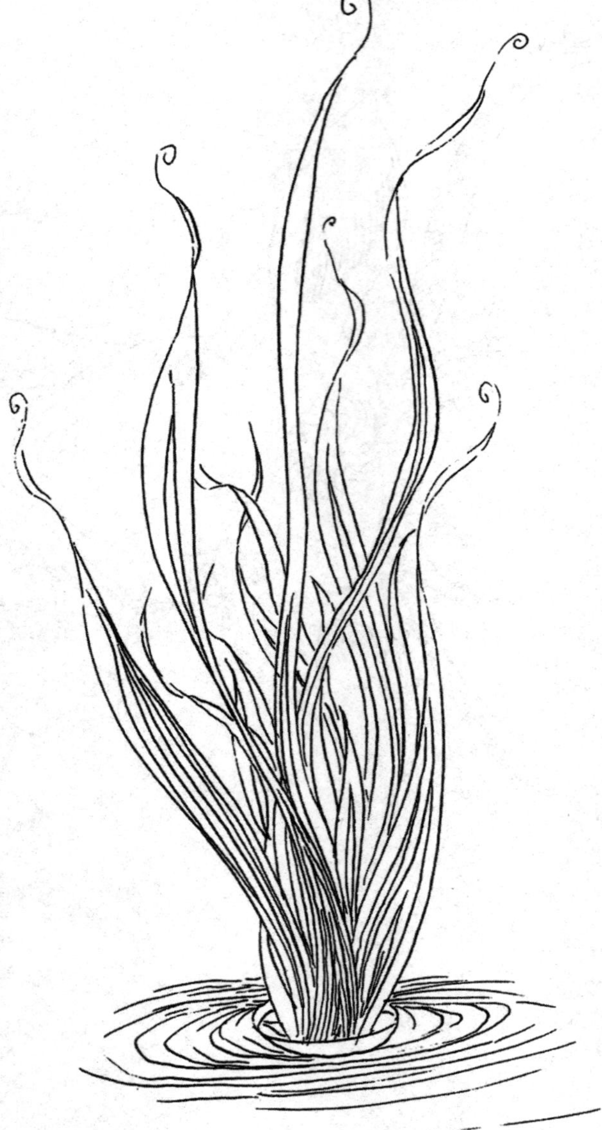

因为不善言辞
只能用图像宣泄情愫
把那一刻这一刻急速而
短暂的掠过脑海中的东西
捕捉下来 不知道
你是否明白~

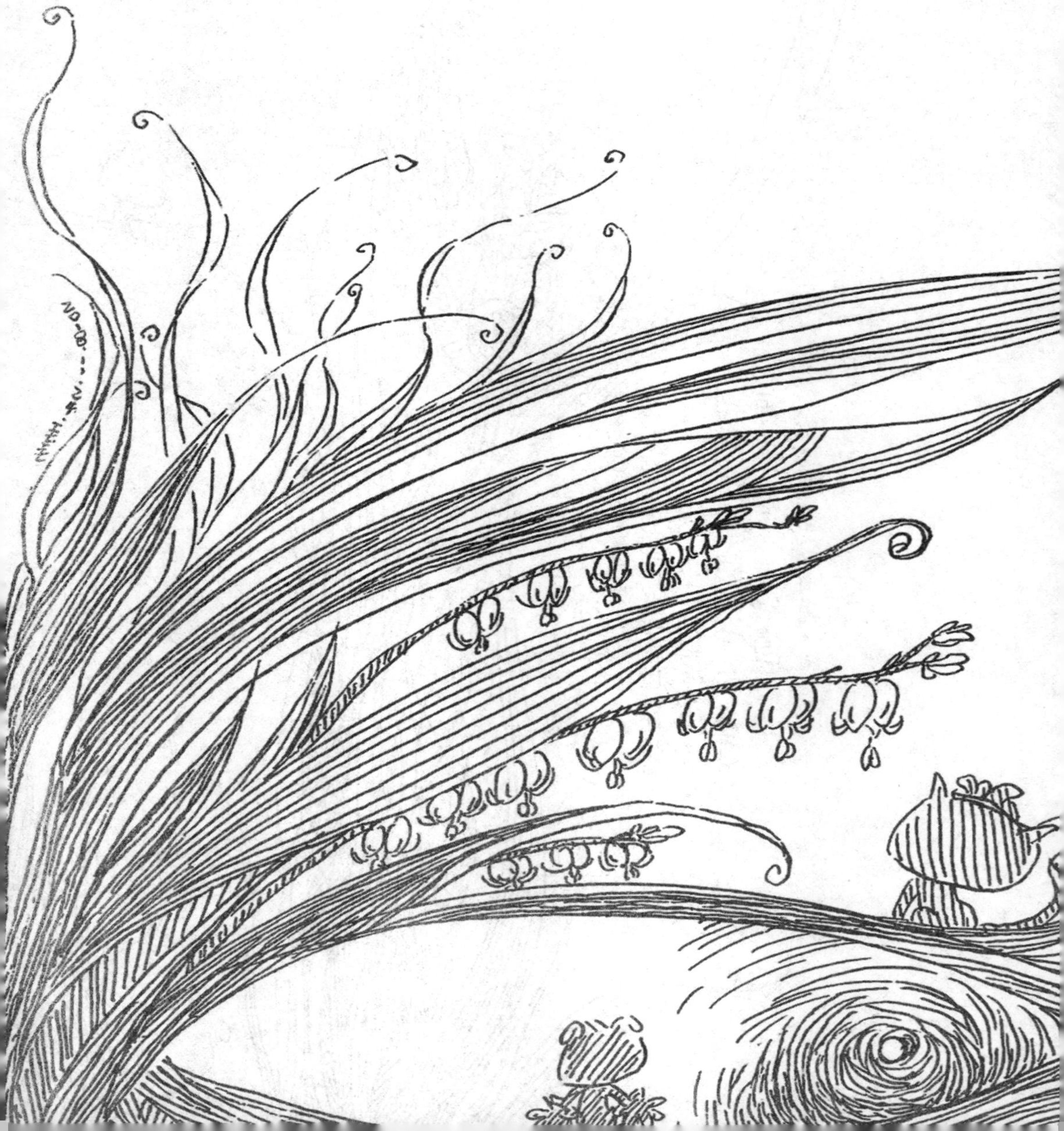

黄昏里那一抹斜阳又向西
默默地叫我想起你
只是 只是此时此刻的你
到底在哪里
为何我如此痴迷
总是难以把你忘记

我有时在想
画的那些 不对 是这些
看似连续但却没有
叙事性的图案
它们究竟该怎样称呼
又该如何对待呢
2018.11.24.

缤纷花开的香气里
我一直假装自己忘了你
也假装你早已忘了我
心里无尽的思念
嘴巴却一声不吭
什么都不能说

这个世界一点儿也不纯粹
对别人的故事不能入戏太深
没了界限
对自己的故事亦不能
超越底线 否则
会伤得很痛
说说容易
真正做到何其难啊

什么时候才可以
真正从心底抹去你
那一天到底什么时候到来
可不可以让我有个准备

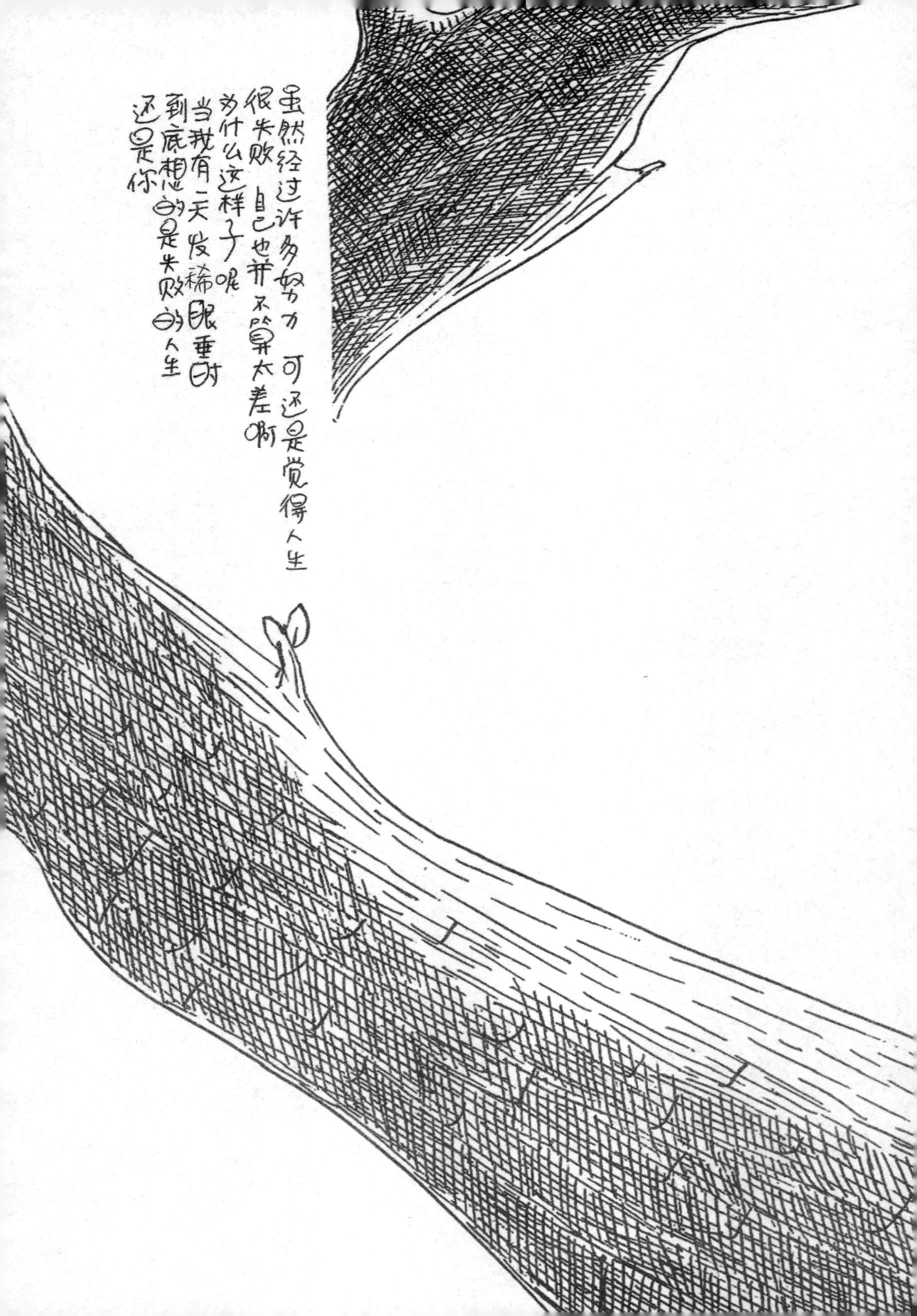
虽然经过许多努力 可还是觉得人生
很失败 自己也并不算太差啊
为什么这样子了呢
当我有一天发稀眼垂时
到底想的是失败的人生
还是你

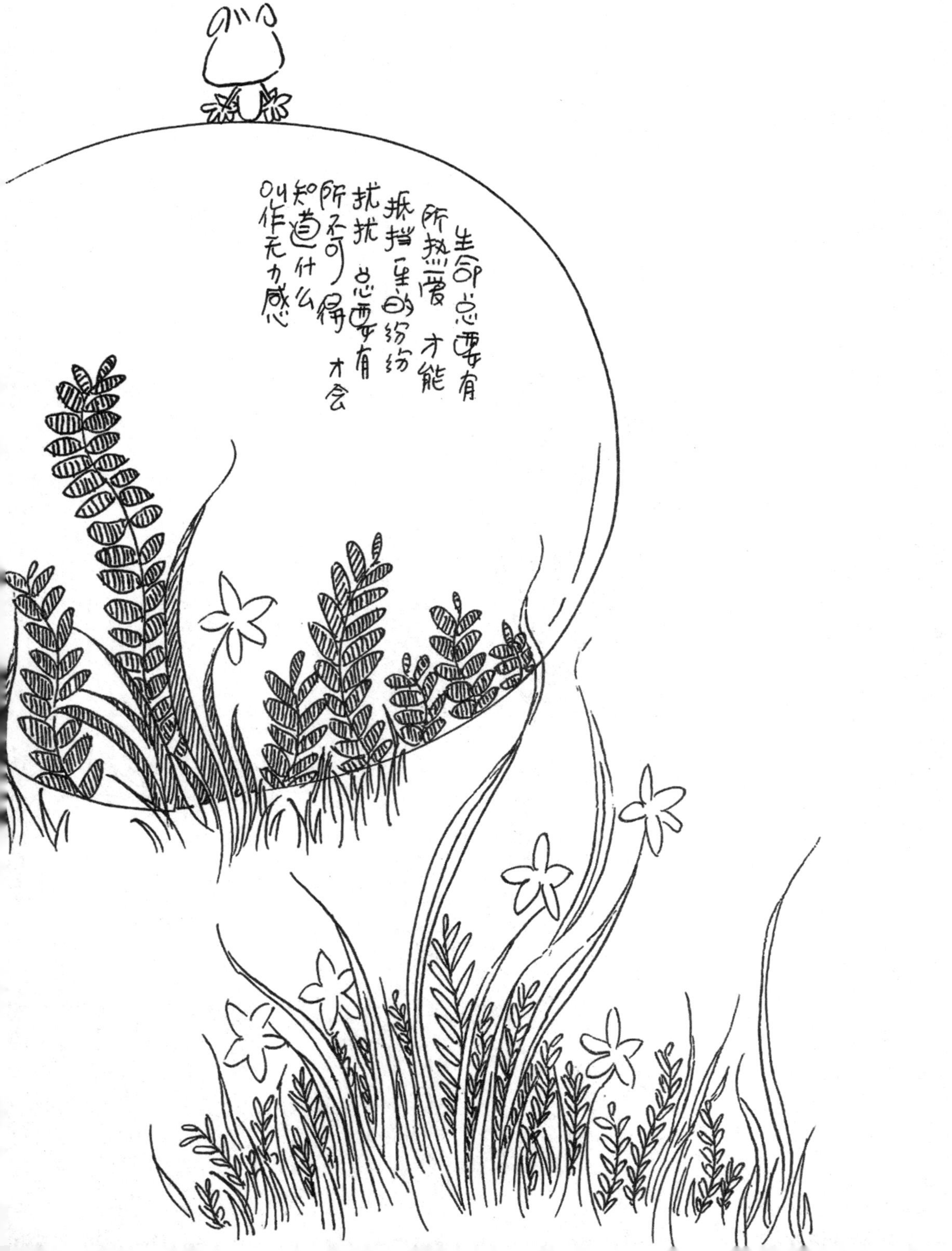
生命总要有
所热爱 才能
抵挡生的纷纷
扰扰 总要有
所不可得 才会
知道什么
叫作无力感

狂风一吹 落叶自然飘走 不飘走的
迟早也要腐烂 冬去 春来 花开
花落 唯有你的身影扎根一般

你留下来　或者我跟你走
阿嘉对友子如是说　这样的话
你永远都不可能说出口
注定　我们只会擦肩而过
甚至来不及一声叹息

2018.11.26.

每当 每当想起你
总忍不住悄悄地哭泣
无所谓黄昏还是晨曦
可是 可是到底又有
什么意义
不能告诉你 又不能彻底
把你忘记

你总是出奇地理性
那样很酷炫吗
还是你也有一颗脆弱敏感
的心灵 害怕受伤
所以宁可什么话都不说出口
仅仅只是远观

在漫漫人生路上
我们还能重逢吗
我不知道 亦不敢奢望
只是默默地在心里
碎碎念

看着照在对面
高楼上的冬日暖
阳一点点移动
向西 向西 明天又会是
新的一天 只要太阳还是
这个太阳 思念就会
一如既往没完没了

当初只一转身
就再也难回去~
每当天边那颗星星
出现的时候 你可知我就
开始想念

车子行进在川流不息的
街道上 走走停停又停
停走走 一次又一次
忍不住想起同行时
的匆促和忐忑 只是
那样的情形再也
不可能重来

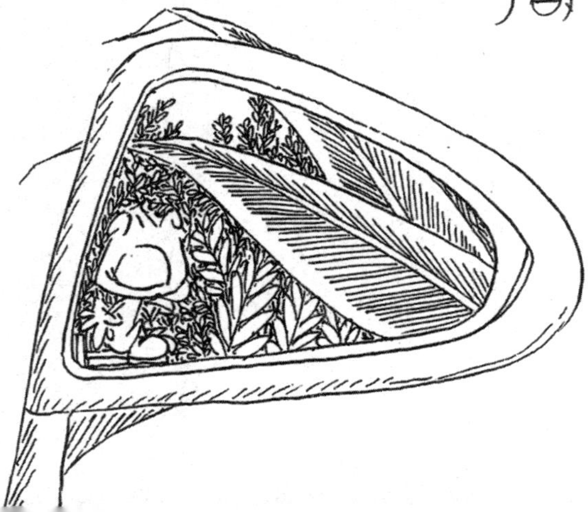

有时 我甚至都以为自己把你忘记了
可是总会在不经意的瞬间
因为思念而黯然神伤
因为深深的悔意而突然沉默
虽然沉默是我的常态

一夜大风 晨起推开窗户
看到天际挂着一弯新月
在它的不远处有一颗小星星
不禁哑然失笑
其中必定有一个你
一个我

读书看剧听雨
几乎现实中的
任何一件事
都有可能勾起
对往事的无限
怀想 而每一次
都会无一例外地
出现你的身影
没有理由

当有一天我们韶华已逝 顶秃眼垂
还会不会想起彼此 心中还是否会有余热
还是 还是早已凋零了所有的念想

因为一句话 一件事 一个物件
都可能记住一个人
如果记忆也是一个罐头的话
我希望这个罐头不会过期
直到永远 这样的可能性
究竟会有多大呢

虽然现实很残酷
但还是要试着做梦
如果连梦都不敢做
没有了那才悲催呢
即便用了许多时间
仍然学不会遗忘

林妹妹不确定宝玉的爱
一而再地要他证明给她看
我连使小性子的可能都没有
还有比这更悲催的没有

无法相依相偎 却并不妨碍远远地关注

然而 既知今日之苦 何必当初心动

每当天边泛起鱼肚白 忍不住问自己 今天是分别后
多少天 只可惜这些你都不可能知晓
也幸亏这些你都不曾知晓

常常痴痴地想 我这样
无端地虚耗光阴
到底有什么意义
可是不这样又能如何
我真的不知道

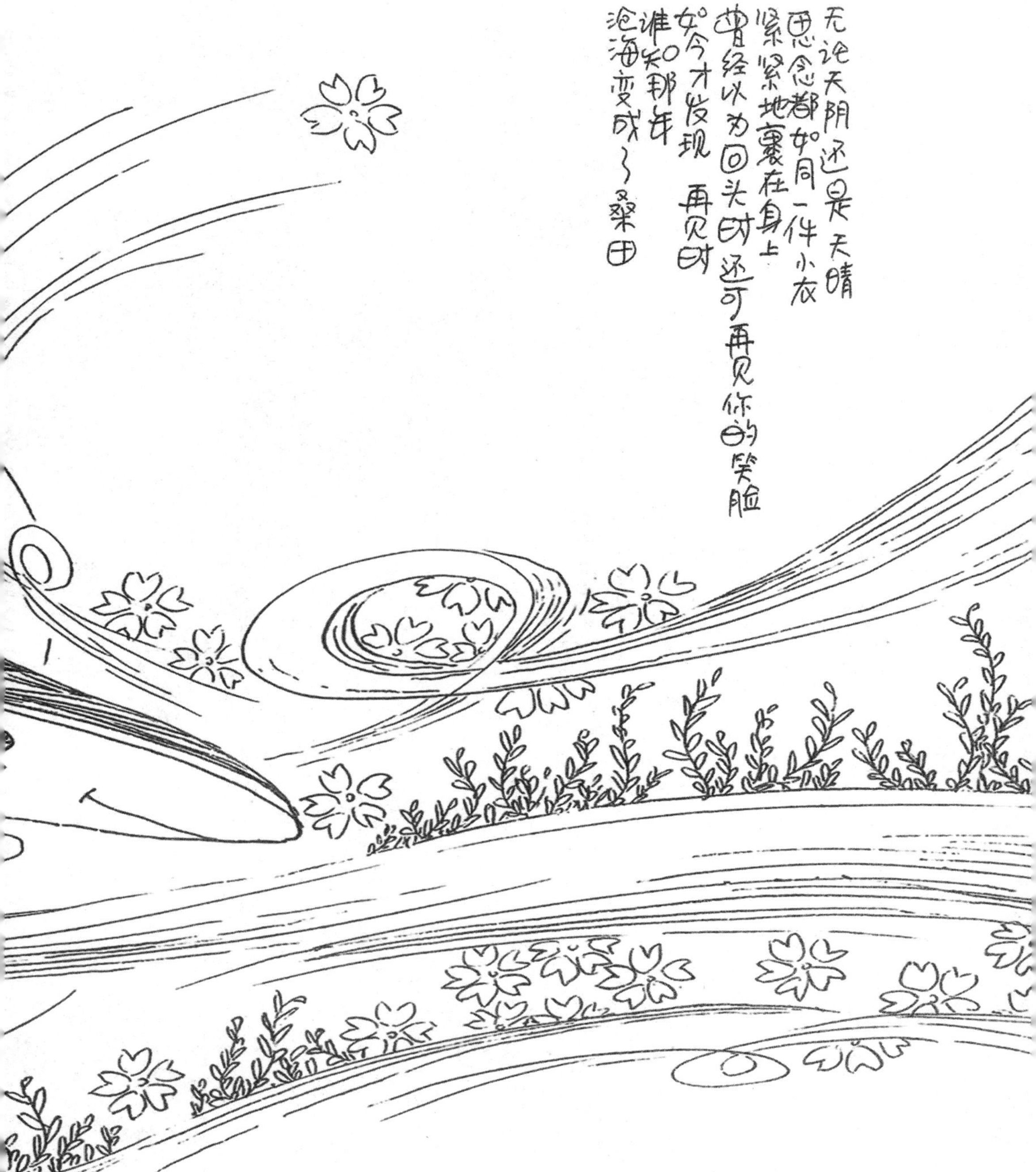
无论天阴还是天晴
思念都如同一件小衣
紧紧地裹在身上
曾经以为回头时还可再见你的笑脸
如今才发现 再见时
谁知那年
沧海变成~~桑田

想你 却又能与你相见
我们就在这样的流年中
老去 虽然天气晴朗风清气爽
但我却神情沮丧
心情黯然 仿佛世界末日

凡·高生前每天都在作画
不管刮风还是下雨
我也每天画画
在等待你出现
的时间里
每一分
每一秒
每一年

总有一天 我们会成为彼此的回忆吧
总有一天 我们的回忆会淡漠吧
总有一天 我们会彻底消失
再也不会出现在对方的回忆里
是不是 既如此 尽量让它美好些吧

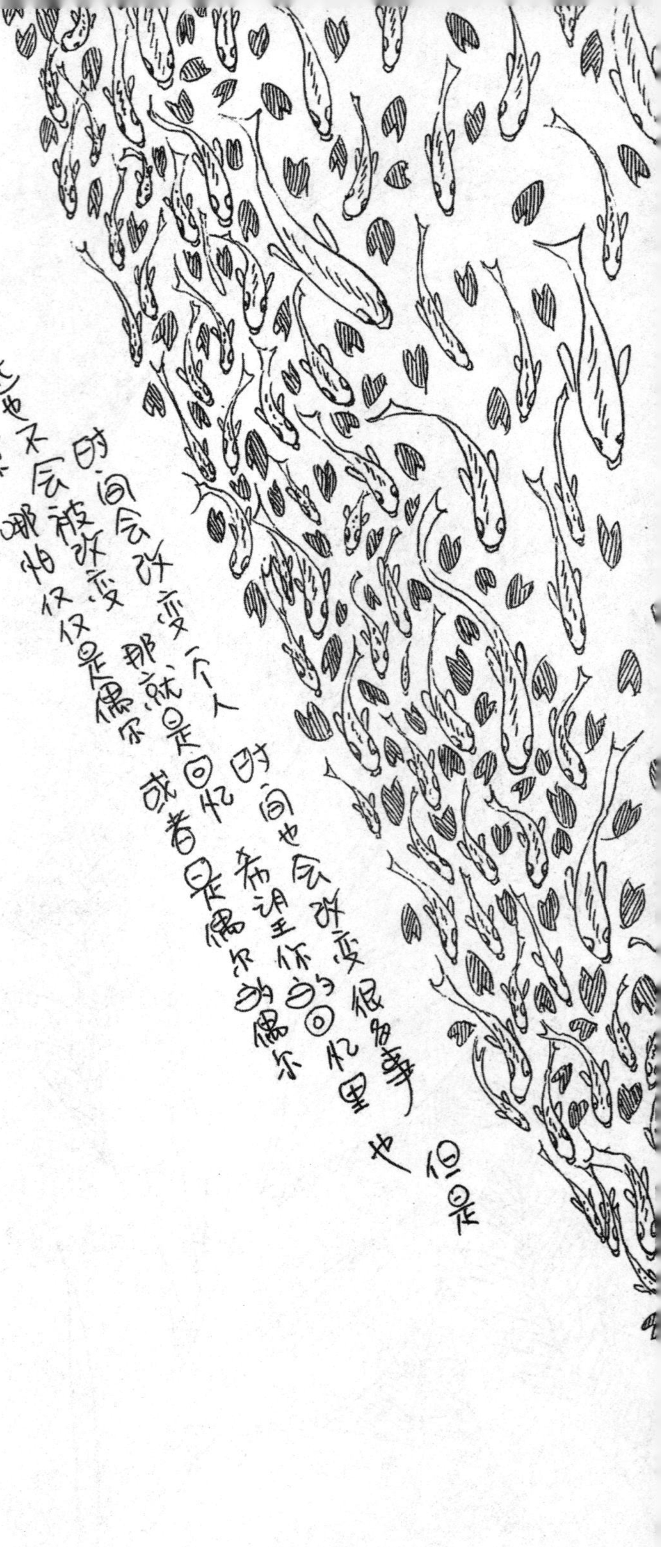

时间会改变一个人
时间也会改变很多事
但是
有一件事、永远也不会被改变
那就是回忆
希望你的回忆里
也能有个我
哪怕偶尔
哪怕仅仅是偶尔
或者是偶尔的偶尔

时间太快 总有一首歌忘不掉
人海茫茫 总有一个人等待回首
关于未来没有太多奢望
唯愿你偶尔的回眸 掠过我
依然驻足的身影

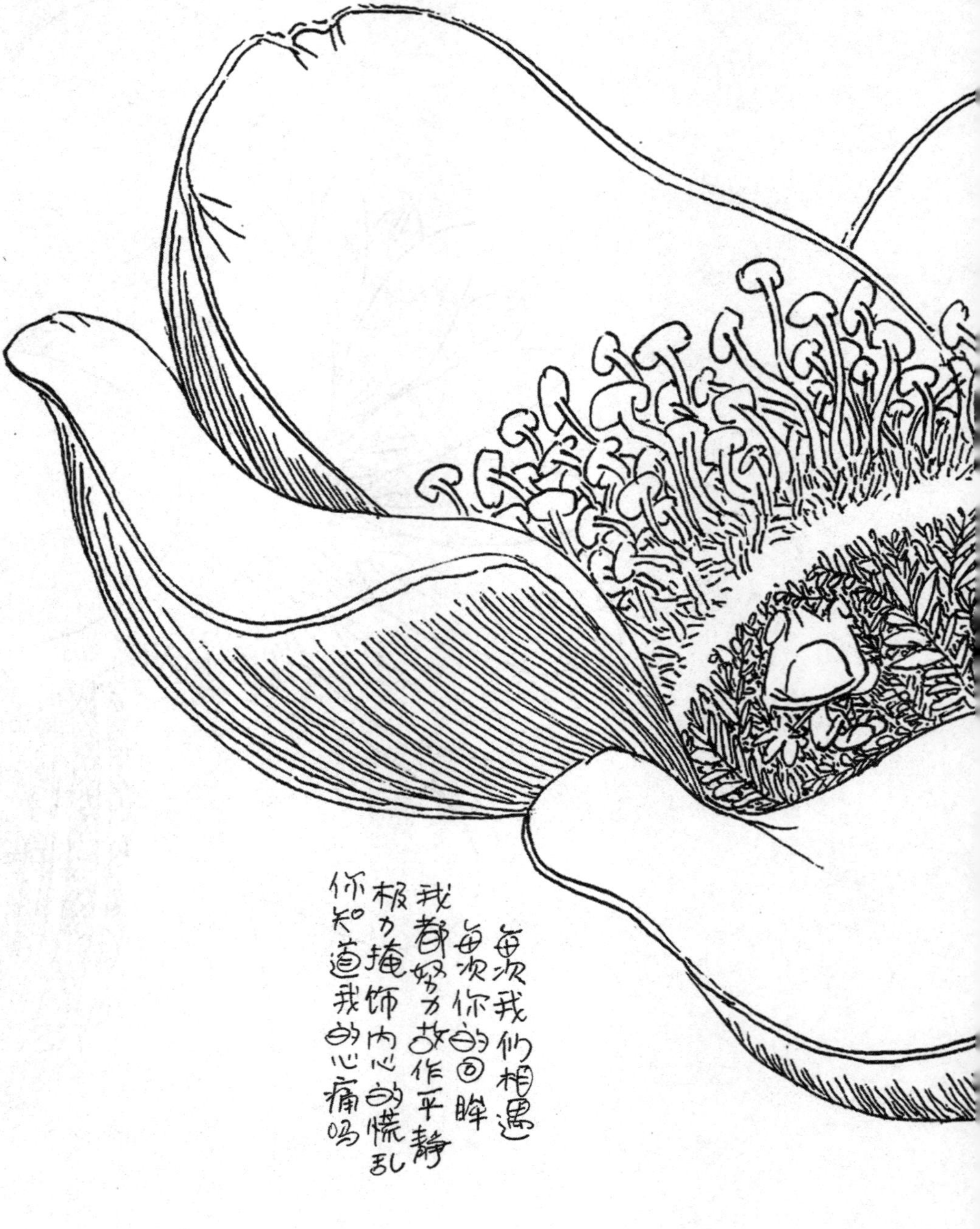
每次我们相遇
每次你的回眸
我都努力故作平静
极力掩饰内心的慌乱
你知道我的心痛吗

喜欢一个人 是会不知不觉的 即便在智能手机时代
消失也可以是很容易的事 那又怎样
我的心里如果没有你 怎样努力都没用
如果我想念你 天涯亦如咫尺 不是吗 反之亦然

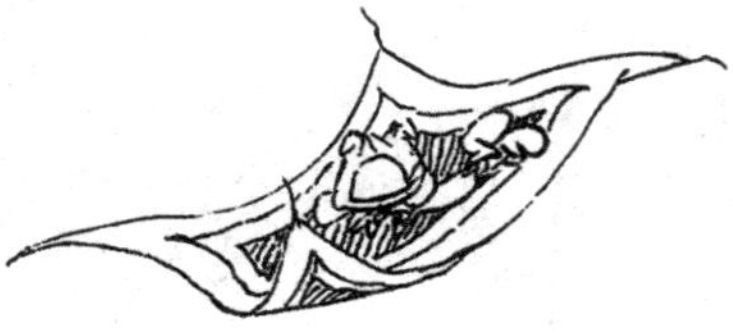

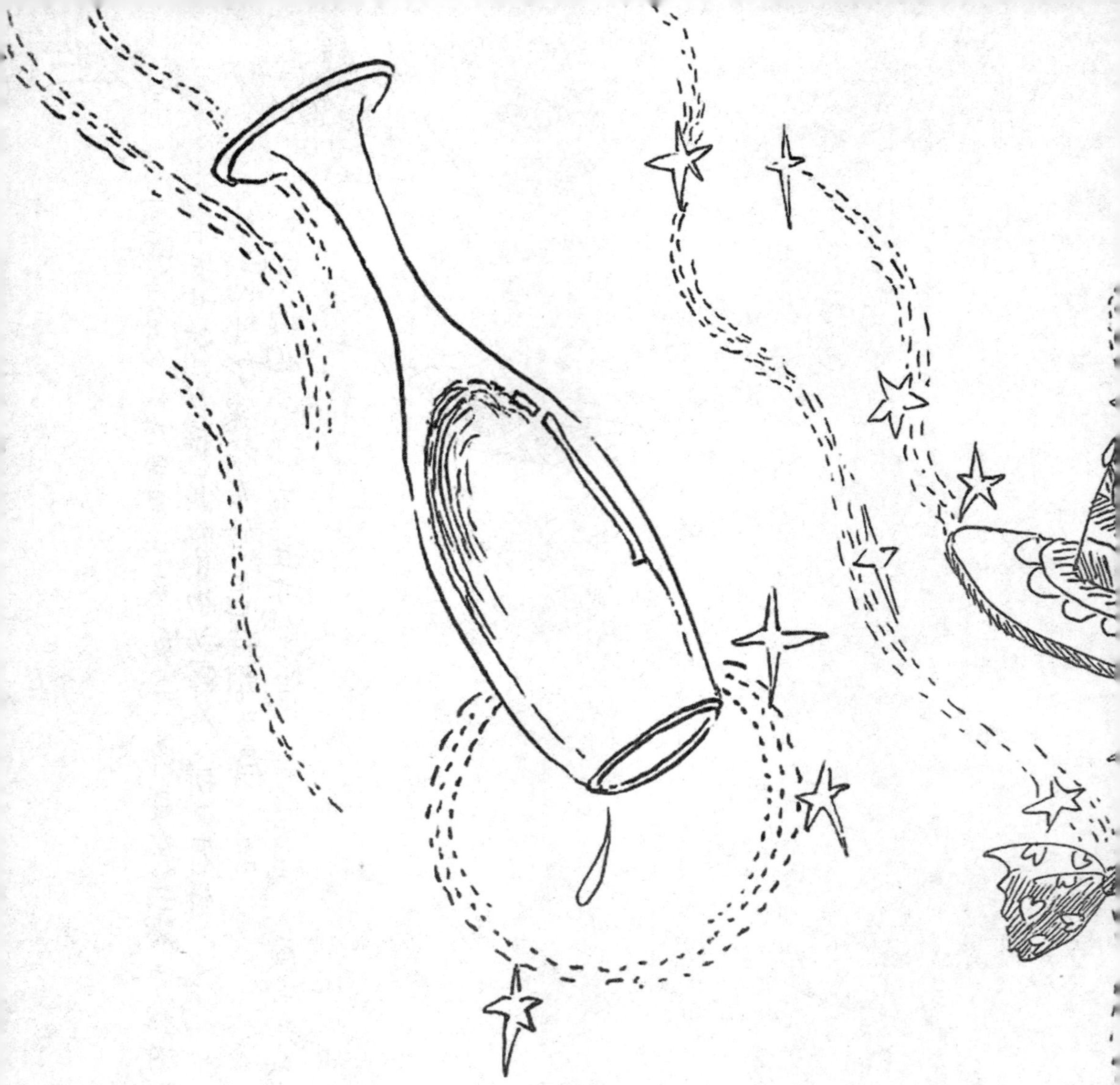

越是想
刻意把握
越是想紧紧
抓住
越容易失去
许多时候
只能等待
等待

想你却只能独自心痛
梦你却寻不回你的身影

生命会在某个时刻召
唤我们 而我们唯一可以做的
就是等待召唤 等你到来

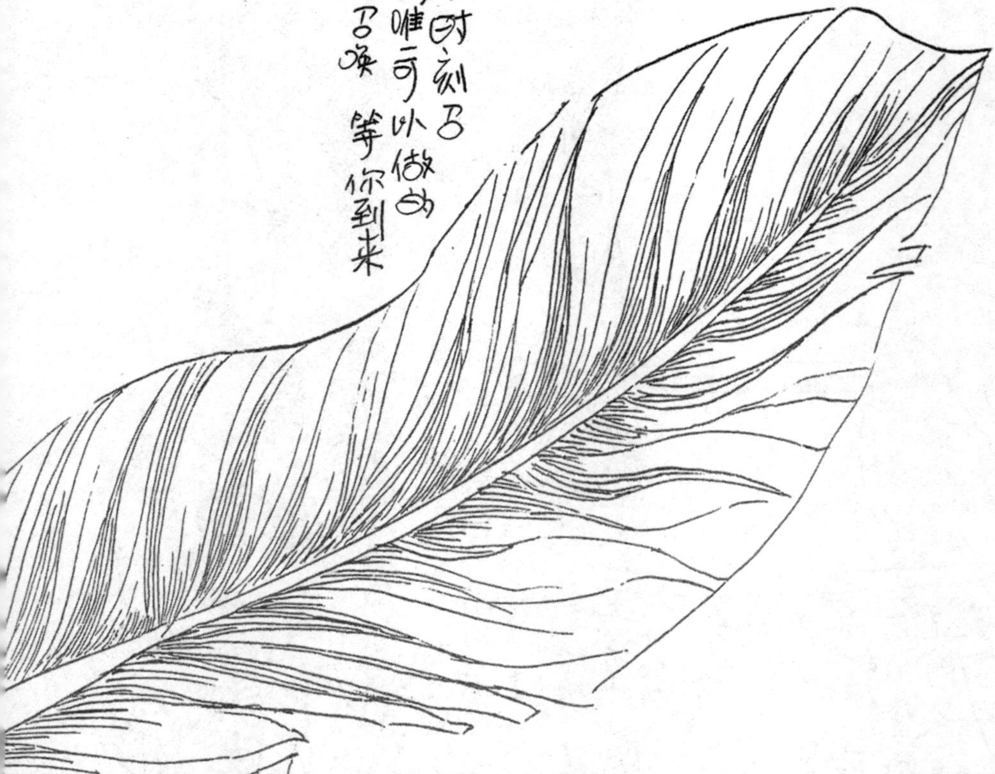

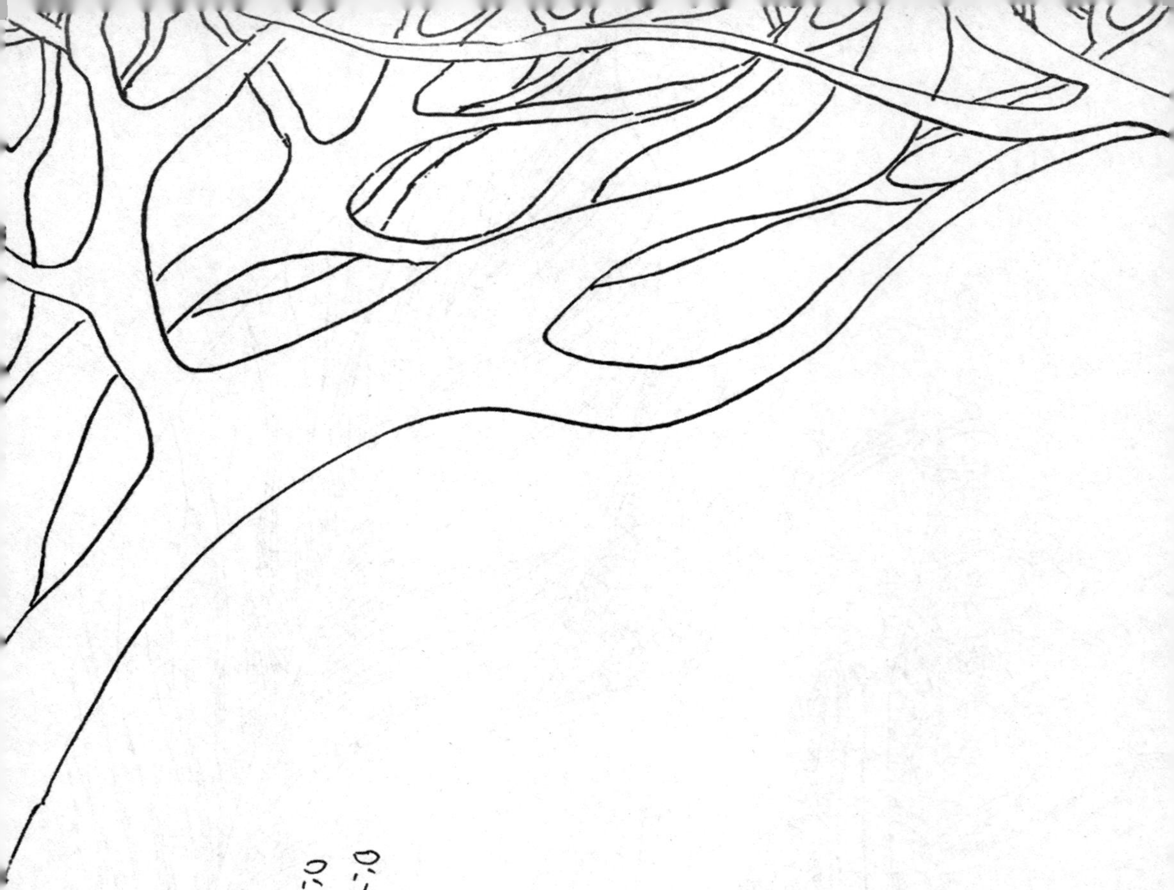

只有离开才知道情的深浅 送给你 也送给我
只有分别才知道心有多痛 默默地与你共勉

有些人会突然消失 而有些人 则会被囚禁在一个
秘密的地方 让人遍寻不着 你呢 可不可以告诉我
在哪

每个人都生活在自己的
过去 你可能用一分钟去
认识一个人 用一小时去
喜欢一个人
然而 却可能要
用很多时间忘记

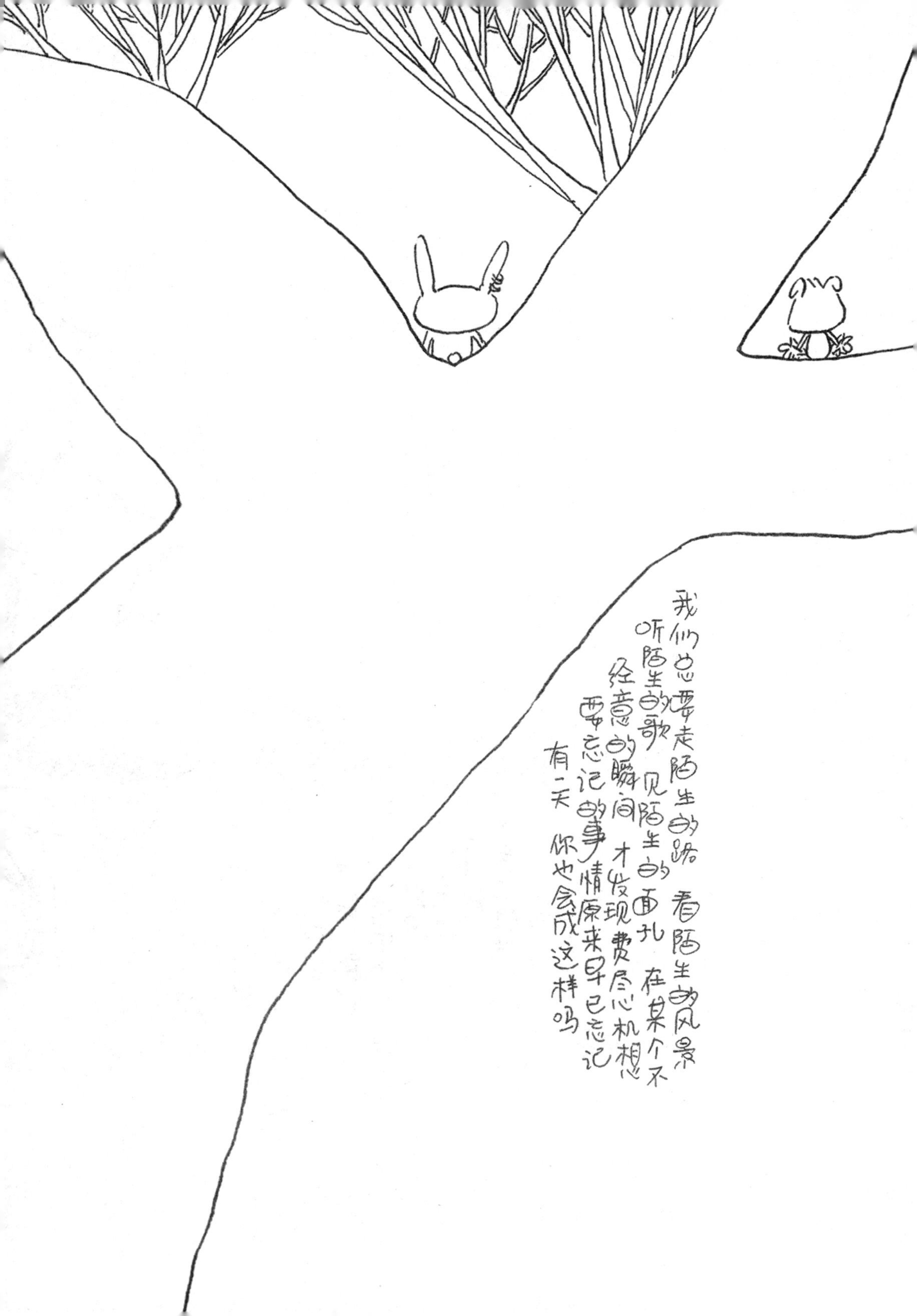
我们总要走陌生的路 看陌生的风景
听陌生的歌 见陌生的面孔 在某个不
经意的瞬间 才发现费尽心机想
要忘记的事情原来早已忘记
有一天 你也会成这样吗

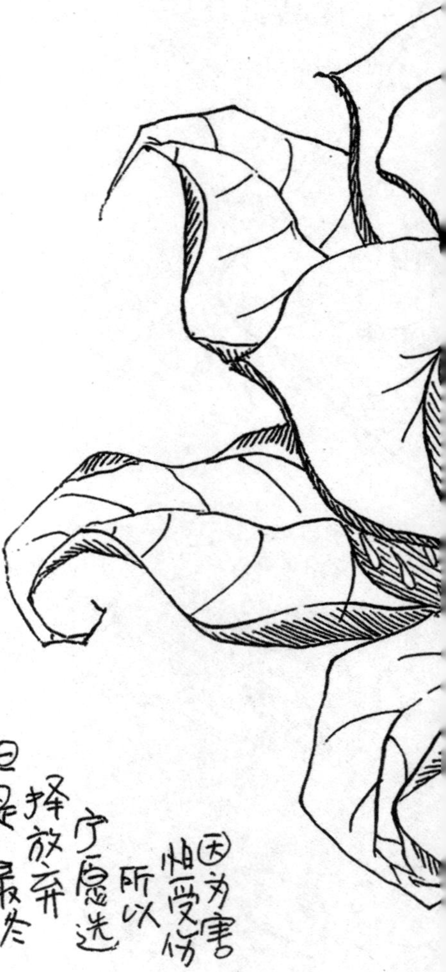

因为害
怕受伤
所以
宁愿选
择放弃
但是最终
还是受
了伤
这到底
是必然
还是命运使然

如果有来世
我愿做一朵孤独的花
春天醒来
冬天死去
短暂的一生
只为你零落绽放

我知道一切都会过期
人也是会变的 万物都不会长久
更何况是易碎品呢
无论三个月还是五年
忘记一个人 总有一个尽头

2018.11.22.毛毛.